GEISTER, ZAUBERSPRÜCHE UND HOCHZEITSGLOCKEN

PYPER RAYNE REIHE, BUCH 5

DEANNA CHASE

Übersetzt von
ANNA DRAGO

ÜBER DIESES BUCH

Es sind noch drei Wochen, bis Pyper Rayne und ihr Verlobter Julius heiraten werden. Sie will nur ihren gewagten Junggesellinnenabschied genießen, die letzten Details ihrer Hochzeit klären und Zeit finden, die Feiertage zu genießen. Doch als Charlie, die Managerin des *Wicked*, wegen eines Mordes verhaftet wird, den sie nicht begangen hat, nutzt Pyper ihre medialen Fähigkeiten, um den wahren Mörder zu finden, bevor Charlie den Kopf für ihn hinhalten muss. Kann Pyper mit Hilfe ihrer Freunde, ein paar Shih Tzus und mehr als nur einer Handvoll Geistern die Lage retten und ihr Happy End bekommen?

KAPITEL EINS

„Brauchst du mehr?", fragte Jade und beugte sich vor, um mir etwas ins Ohr zu flüstern. Ihr rotblondes Haar war zu einem Knoten hochgesteckt und betonte ihre sanft gerundeten Wangen. Sie hatte während der Schwangerschaft ein paar Pfund zugelegt, und sie standen ihr gut. Sie wirkte frisch und gesund, ein scharfer Kontrast zu der sexy Dessous-Show, die sie für meine Brautparty im *Wicked*, dem Club, der Kane gehörte, organisiert hatte. „Die Blondine und die Rothaarige hinten haben keine Scheine in ihren Strings."

Ich schnaubte. „Sicher. Hast du welche?"

Jade schob ihre Hand in ihr beachtliches Dekolleté und zog ein Bündel Dollarscheine heraus. „Sieht aus, als wäre mehr als genug da, um die Party am Laufen zu halten."

„Verdammt, Mädchen. Toller Busen – der Look nach

der Schwangerschaft steht dir wirklich gut." Ich zwinkerte ihr zu, als ich die Scheine nahm und den beiden Models bedeutete, zu uns herüberzukommen.

„Danke. Zu schade, dass sie wie Luftballons aussehen werden, aus denen die Luft rausgelassen wurde, sobald Juliet mit mir fertig ist", sagte sie und meinte damit ihre sechs Wochen alte Tochter. Sie zeigte mit dem Finger auf die Rothaarige, die einen sexy Push-up-BH aus Spitze und einen passenden String vorführte. „Pyper muss diesen BH aus der Nähe sehen."

„Jetzt übertreibst du aber." Ich steckte ein paar Geldscheine in einen leuchtend rosa String.

Das Model lächelte mich an und drehte sich, sodass ich an ihre andere Hüfte herankam.

Lachend steckte ich noch ein paar Geldscheine hinein und sagte: „Das Set ist ein Volltreffer. Sag Charlie, sie soll mir eins in meiner Größe bestellen."

Das Model nickte und zwinkerte mir zu, bevor sie über die Bühne zurücktanzte.

„Weißt du, das ist die seltsamste Brautparty, die ich je erlebt habe", sagte ich zu Jade und strich mir die knallblaue Haarsträhne, die mir in die Augen gefallen war, hinters Ohr. Der Rest meines Haares war so dunkel, dass es fast schwarz war, und mir gefiel der Farbtupfer.

Ihre Augen funkelten, und sie kicherte. „Kein Witz, aber das kommt davon, wenn wir Charlie die Planung überlassen."

Charlie, die Managerin des *Wicked*, hatte eine

Freundin engagiert, die Dessous für Love & Lace verkaufte, und dafür gesorgt, dass die Stripperinnen des Clubs alle Looks für mich vorführten. Meine Freundinnen hatten so viel Geld zusammengelegt, dass ich, je nachdem, was ich aussuchte, bis zu zehn sexy neue Sets kaufen konnte, die meinen Verlobten Julius garantiert um den Verstand bringen würden. Ich musste zugeben, dass es irgendwie genial war. Es gab keine albernen Spiele oder Juxgeschenke für Erwachsene, die in einer Krimskramsschublade landen würden, um nie wieder herausgeholt zu werden. Die Dessous würden definitiv genutzt werden, besonders, da Julius und ich seit letztem Monat versuchten, schwanger zu werden. Bisher erfolglos, aber wir hatten verdammt viel Spaß dabei.

Die Blondine kam herübergetanzt und drehte sich langsam um, sodass ich Zeit hatte, ein saphirblaues Set zu begutachten, das mit weißen Bändern verziert war. Die Dessous waren wunderschön und genau das, was Julius anmachen würde.

„Du siehst umwerfend aus", sagte ich zu Georgie, der hübschen Studentin, die vor ein paar Monaten angefangen hatte, im Café nebenan zu arbeiten. „Sag Charlie, dass ich das auch in meiner Größe brauche."

„Geht klar, Pyper." Georgie musterte mich durch ihre gesenkten Wimpern, während ich Geldscheine in ihren String steckte.

„Hör auf, mich so anzusehen", sagte ich lachend. „Wir

haben morgen zusammen eine Schicht. Außerdem willst du den Bräutigam doch nicht eifersüchtig machen, oder?"

Sie kicherte. „Bitte. Ich habe gesehen, wie du ihn ansiehst. Ich bin keine Konkurrenz."

Ich zwinkerte ihr zu. Die Sache war nur, dass sie vor ein paar Jahren sicherlich eine Konkurrenz für jeden Mann in meinem Leben gewesen wäre. Bevor ich Julius begegnet war, war ich sowohl für männliche als auch für weibliche Partner aufgeschlossen gewesen, doch als mein Verlobter in mein Leben getreten war, hatte es niemanden mehr gegeben, der es geschafft hatte, meine Aufmerksamkeit abzulenken. Und heute war es nicht anders. Georgie war sicherlich hübsch, aber sie konnte nicht mit dem heißen Hexenmeister mithalten, der nach der Brautparty auf mich warten würde.

Jade lachte. „Dein Gesichtsausdruck. Herrgott, Pyper. Es ist, als hätte dich jemand mit einem Lustzauberstab getroffen."

„Ich kann nichts dagegen tun. Ich stelle mir Julius' Gesichtsausdruck vor, wenn ich ihm all meine neuen Love & Lace Outfits vorführe."

„Du meinst den, der unkonzentriert ist und aussieht, als würde er gleich lossabbern?"

Ich beäugte sie. „Hast du nachts durch unsere Fenster gespannt?"

Jade schnaubte. „Nein. Es ist derselbe, den Kane bekommt, wenn er glaubt, dass er bald zum Zug kommt."

Jetzt war ich an der Reihe zu schnauben. „Dieses Bild

von ihm habe ich jetzt wirklich nicht gebraucht." Kane war wie ein Bruder für mich. Und obwohl ich natürlich wusste, dass er und Jade alles andere als zölibatär lebten, wollte ich in dieser Hinsicht keine Einzelheiten wissen. Weil, *ewww.*

„Oh, du meine Güte!", keuchte Jade. „Schau!" Sie nickte in Richtung Bühne, ihre Augen weit aufgerissen und ihr Mund offen.

Ich drehte mich um und entdeckte eine üppige Rothaarige, die einen schwarzen Netzbody mit Lederriemen trug, der aussah, als sollte eine Domina ihn tragen. Das Einzige, was fehlte, waren die schenkelhohen Stiefel und die Lederpeitsche.

„Wo-hooo!", johlte Jade, stand auf und stieß eine Faust in die Luft. „Sexy Mama. Zeig uns deine Moves!"

„Heilige Scheiße. Was macht Kat hier, verkleidet als Madam X?", fragte ich und lachte über die Absurdität der Situation. Kat war Jades beste Freundin aus Idaho. Sie errötete bei der bloßen Erwähnung von Sex. Sie im erotischsten Outfit des Tages zu sehen, war mehr als eine Überraschung.

„Sam ist heute nicht aufgetaucht", sagte Charlie hinter uns. „Kat hat ein Model gefehlt, also hat sie beschlossen, es selbst zu machen."

Ich warf einen Blick auf die Clubmanagerin und runzelte die Stirn, als ich die Sorgenfalten sah. „Hat Sam angerufen?"

Charlie schüttelte den Kopf und griff nach den leeren

Gläsern vor uns. „Nein. Und ehrlich gesagt sieht ihr das gar nicht ähnlich. Ich mache mir langsam Sorgen."

„Das dachte ich mir." Ich stand auf und hob den leeren Snack-Teller auf. „Vielleicht hat sie verschlafen?"

„Verschlafen? Es ist ein Uhr nachmittags", gähnte Jade. Ihre Augen tränten, aber anstatt sich wie erwartet zurückzulehnen, nahm sie mir den Teller aus der Hand und sah mich finster an. „Du bist der Ehrengast. Was machst du da?"

„Helfen?", sagte ich mit einem verlegenen Achselzucken. Die Wahrheit war, ich hatte den Club geleitet, bevor Charlie vor ein paar Jahren das Ruder übernommen hatte, und stillzusitzen, selbst bei meiner eigenen Brautparty, kam mir seltsam vor.

„Setz dich!", befahl Jade. „Kat ist auf dem Weg, dir einen Lapdance zu geben."

„Was?", sagte ich lachend und warf einen Blick auf die feurige Rothaarige. Sie bewegte sich mit übertriebenem Hüftschwung auf mich zu, die Augenlider zu einem betont sexy Blick auf halbmast gesenkt.

„Whoa, Kat. Sieh dich an, Lady", jubelte Jade und reichte Charlie das Geschirr, während sie sich wieder hinsetzte und vor Aufregung auf ihrem Sitz herumzappelte. „Sieht so aus, als bekäme Lucien eine gute Show zu Hause."

Jades Bemerkung hätte uns alle unter anderen Umständen zum Lachen gebracht, denn normalerweise wäre Kat dabei knallrot geworden und hätte wahrscheinlich irgendwas darüber gestammelt, dass ihr Sexleben ganz in Ordnung sei, vielen Dank. Aber sie hatte sich ganz in die Rolle ihrer inneren Domina gestürzt und schob mich schon auf meinem Stuhl zurück.

Dann begann die Musik. Es war der langsame, sinnliche Beat von „Let Me Blow Ya Mind" von Eve, und Kat gab alles. Sie stolzierte zur Bühne und griff nach der Stange. Sie lehnte ihren Körper nach vorn, während ihre Füße in der Nähe der Stange blieben, und drehte sich wie eine Expertin darum. Ihr Blick begegnete meinem, und sie grinste mich langsam an, ihr zuvor konzentrierter Blick amüsiert. Dann wechselte sie zu einem Zweihandgriff und fing an, sich hochzuziehen.

„Was zum –", begann ich, schockiert darüber, dass Kat sich offensichtlich an der Stange auskannte. Aber bevor ich noch mehr herausbringen konnte, flog die Clubtür krachend auf, und ein paar der Gäste schrien auf.

„Stripper?", keuchte Holly, meine stellvertretende Managerin im Grind. „Ich wusste nicht, dass das *so* eine Party ist!"

„Stripper? Ernsthaft?" Lachend drehte ich mich um und entdeckte zwei Männer in NOPD-Uniformen. Nur waren das keine billigen Kostüme und keine Plastikhandschellen. Sie waren in voller Uniform, komplett mit NOPD-Abzeichen, Schlagstöcken und Schusswaffen.

Holly rannte zu dem Größeren und packte ihn mit beiden Händen am Arm. „Ooooh. Du bist heiß."

„Bitte treten Sie zurück, Ma'am", sagte er, sein Tonfall kühl und abweisend. „Das ist eine offizielle Polizeiangelegenheit."

Holly begriff schnell, sprang zurück und hob die Hände vor sich. „Entschuldigung. Ich dachte, Sie wären ... ähm?" Sie drehte sich zu Charlie um, ihr Gesicht war kalkweiß und ihre Augen vor Scham groß.

„Officer Jamison", sagte Charlie und ging zu ihm hinüber, ihre Miene besorgt. „Gibt es ein Problem? Wir veranstalten hier heute Nachmittag nur eine Modenschau für eine der Inhaberinnen und –"

„Tut mir leid, Charlie", sagte Jamison mit einer Grimasse. „Es geht hier nicht um den Strip ... äh, die Modenschau. Ich fürchte, Sie sind verhaftet."

Jade und ich stürzten zu ihnen und keuchten: „Was?"

Kat war direkt hinter uns, genauso fassungslos.

Der zweite Polizist, ein dunkelhäutiger Mann, trat vor und streckte seine Hände aus, um uns daran zu hindern, zu Charlie zu kommen.

„Sie haben das Recht zu schweigen ...", begann Jamison, während er Charlies Hände auf ihren Rücken zog und ihr Handschellen anlegte.

KAPITEL ZWEI

„Warum verhaften Sie mich?", wollte Charlie wissen.

Jemand hatte die Musik ausgeschaltet, und alle meine Gäste und die Models hatten einen Kreis um Charlie und die beiden Polizisten gebildet. Eines war sicher, Charlie hatte eine Menge Frauen auf ihrer Seite, nicht nur Jade und mich. Holly liefen Tränen über die Wangen. Kat sah aus, als wollte sie den Polizisten die Augen auskratzen, und die Handvoll Stripperinnen des *Wicked*, die gekommen waren, um Jade und Charlie zu helfen, spien Feuer.

„Charlie war es nicht!", rief Cami.

„Das stimmt. Sie ist von Grund auf ehrlich", beharrte die Brünette neben ihr.

Eine wunderschöne Frau mit dunkler Haut und perfekten schwarzen Locken stemmte die Hände in die

Hüften. „Charlie war den ganzen Tag hier. Was auch immer Sie ihr vorwerfen, sie hat ein Alibi."

Ein paar andere Frauen stimmten zu, nur Jade und ich schwiegen. Es war nicht so, dass wir nicht an Charlies Unschuld glaubten, was auch immer sie ihr vorwarfen. Es war nur so, dass wir Erfahrung mit dem NOPD hatten und lieber die Fakten kennen wollten, bevor wir irgendetwas sagten.

„Ich rufe Kane an", sagte Jade leise.

Bevor ich antworten konnte, war sie schon halb durch den Raum auf dem Weg zu Charlies Büro.

„Lassen Sie uns gehen", sagte der größere Beamte und zog Charlie sanft zur Tür.

Charlie ging mit ihm und leistete keinen Widerstand. Doch als sie die Tür erreichten, war ihre Stimme tödlich ruhig, als sie sagte: „Sie haben mir noch nicht gesagt, warum Sie mich verhaften."

Es herrschte Stille, als die beiden Beamten einander ansahen. Ich wollte sie anschreien und verlangen, dass sie es ausspuckten, doch da stieß Jamison einen müden Seufzer aus und sagte: „Es tut mir leid, Charlie. Ihnen wird der Mord an Samantha Burke vorgeworfen."

Ein kollektives Keuchen kam von den Angestellten des Clubs, während Charlies herzförmiges Gesicht gespenstisch weiß wurde. Ihr ganzer Körper versteifte sich, und ihre Stimme zitterte, als sie fragte: „Sam ist … tot?"

Beide Polizisten schwiegen, als Jamison die Tür aufstieß und Charlie aus dem Club führte.

Ein paar Angestellte, immer noch in Unterwäsche, liefen ihnen auf die Bourbon Street hinterher.

Innerlich kochend wollte ich ihnen folgen, doch dann hörte ich eine Stimme hinter mir, die mich innehalten ließ.

Charlie war da, aber sie hat es nicht getan.

Ich wirbelte herum und suchte nach der Frau, die gesprochen hatte. Aber da war niemand. „Wer hat das gesagt?"

Die Stimme war direkt in meinem Ohr, als sie antwortete. *Ich bin Sams Großmutter.*

Ein Geist. Natürlich. Es war schon eine Weile her, seit einer direkt zu mir gekommen war. Normalerweise sprachen sie durch meine Guides, Tru und Lily.

„Können Sie mir sagen, wer es getan hat?", fragte ich und versuchte, direkt auf den Punkt zu kommen. Geister hatten keine unendliche Energie. Wenn dieser hier wie die anderen war, könnte sie jeden Moment verschwinden.

Nein. Ich weiß nicht, wer ... Direkt neben meinem Ohr ertönte ein lautes Knallen, gefolgt von einem Knistern von Energie, das über meine Haut huschte.

„Sie ist weg, oder?", flüsterte ich, und mein Herz sackte direkt zu meinen Zehen.

Ja, sagte Tru, als sie vor mir erschien. Ihr langes weißes Haar hing ihr über den Rücken, und ihre klaren blauen Augen blickten besorgt. *Sie ist Charlie seit gestern Abend gefolgt.*

„Um zu versuchen, jemandem zu erzählen, was passiert ist?", vermutete ich.

Tru nickte. *Das ist nicht gut, Pyper. Sie sagt, Charlie war da, als es passiert ist. Ich glaube, dein Mädchen ist in ernsten Schwierigkeiten.*

„Aber wie kann sie da gewesen sein und nichts getan haben?" Mir gefror das Blut in den Adern. Charlie hatte ein Herz aus Gold. Nichts auf der Welt konnte mich glauben machen, dass sie eine ihrer Angestellten verletzen würde. Es musste eine Erklärung geben.

Das ist eine gute Frage. Aber eines ist sicher. Sie sollte kein Wort sagen, bis ein Anwalt da ist.

Panik schoss durch meine Adern, und ich begann zu schwitzen. Tru hatte recht. Aber würde Charlie ruhig genug sein, um den Mund zu halten? Wenn sie nichts gesehen hatte und wirklich unschuldig war, war es durchaus möglich, dass sie weiß Gott, was sie gerade dachte, herausplatzen würde, um zu versuchen, zu verstehen, was vor sich ging. Ich rannte los zu Charlies Büro.

„Jade!", rief ich, nachdem ich hineingestürzt war. „Ich muss los. Charlie braucht jemanden, der sie warnt."

„Ich komme mit", sagte sie sofort und legte das Telefonhörer auf. Sie sprang aus dem Stuhl, ihr Gesicht war so weiß wie das von Charlie.

„Beeil dich." Ich drehte mich um und rannte zu meinem Auto, das hinter dem Gebäude geparkt war.

Zum Glück verlor Jade keine Zeit. Gerade, als ich meinen Schlüssel ins Zündschloss des VW Käfers steckte, flog die Beifahrertür auf, und Jade sprang herein.

„Los!", befahl sie.

Ich hatte schon den Fuß auf dem Gaspedal und schoss aus der Parklücke, raste die Straße hinunter. „Wir müssen da sein, bevor sie ankommt. Das ist die einzige Möglichkeit, sie zu warnen."

„Sie warnen? Wovor?", fragte Jade.

„Dass sie den Mund halten soll. Sams Großmutter hat mir gerade erzählt, dass Charlie dort war. Wenn sie gesteht, dass sie dort war, wo Sam gestorben ist, wird ihr das auf die Füße fallen. Sie muss auf ihren Anwalt warten." Ich gab Gas, als die Ampel auf Gelb schaltete, und schnitt eine Grimasse, als sie kurz, bevor ich über die Kreuzung raste, auf Rot umsprang.

Jade fluchte leise und holte ihr Handy heraus. Nach einem weiteren Anruf bei Kane, in dem sie ihm sagte, dass die Zeit drängte, hob sie die Hände, und Magie knisterte in ihren Fingerspitzen.

„Was willst du machen? Die Cops betäuben und Charlie befreien?" Ich wusste, dass Jade ihre Magie niemals auf diese Weise einsetzen würde. Nicht, wenn nicht jemandes Leben in Gefahr wäre. Aber trotzdem hatte ich keine Ahnung, was sie dachte, was ihre Magie ausrichten könnte, während wir durch die Straßen zur Wache rasten.

„Das." Jade ließ ihr Fenster herunter, streckte ihre Hand heraus und rief: *„Vert!"* Magie schoss aus ihrer Hand direkt auf die rote Ampel vor uns und ließ sie sofort auf Grün umspringen.

„Woah! Wo hast du all die Jahre diesen Trick aufbewahrt?" Ich trat aufs Gaspedal und brauste über die Kreuzung.

„Glaub nicht, dass ich das die ganze Zeit benutzen werde. Es ist nicht gerade ungefährlich, aber hier geht's um Charlie. Wenn Kane sie nicht rechtzeitig erreichen kann, müssen wir es tun."

„Ist er unterwegs?", fragte ich sie und bog scharf nach rechts ab. Die Räder quietschten, und ich biss die Zähne aufeinander, während ich das Lenkrad angespannt festhielt.

„Ja, er wird schattenwandeln, aber es gibt keine Garantie, dass er nicht in Schwierigkeiten gerät, wenn er durch die Welten geht." Sie kniff die Augen zusammen. „Ich glaube, der Streifenwagen, in dem Charlie sitzt, ist gerade auf den Parkplatz abgebogen. Beeil dich!"

Ich trat aufs Gaspedal, und fast im selben Moment blitzten hinter mir Lichter auf, und das Heulen der Sirene dröhnte durch die Luft. „Verdammt!"

„Ugh!" Jade ließ ihre Magie fallen. Wenn ihre Hände leuchteten, wenn der Cop ans Fenster kam, wären unsere

Probleme weitaus schlimmer als ein Strafzettel wegen zu schnellen Fahrens.

„Scheiße", schnaubte ich und wurde langsamer, während ich den Straßenrand nach einer Stelle absuchte, an der ich anhalten konnte. „Jetzt schaffen wir es nie rechtzeitig zu ihr."

„Ich hab' das im Griff", sagte Jade und streckte die Hand aus, um eine ihrer Brüste zu berühren.

„Jade! Was –"

Einen Moment später, als ihr weißes T-Shirt plötzlich mit Muttermilch getränkt war, seufzte sie erleichtert. „Meine Güte. So ist's besser. Ich dachte, ich würde gleich platzen."

Ich hielt den Wagen an und starrte auf ihre Brust. Sie sah aus wie die Gewinnerin eines Wet-T-Shirt-Wettbewerbs für junge Mütter.

„Entschuldigen Sie, Ladys. Wollen Sie mir sagen, warum wir es so eilig haben?", sagte ein dunkelhäutiger Polizist mit tiefer Stimme vor meinem offenen Fenster.

Ich wandte mich ihm zu und sah ihn an. „Tut mir leid, Officer. Es war eine Art Notfall. Meine Freundin hier hat gerade ein Baby bekommen und –"

„Ich sehe kein Baby", sagte er und kniff die Augen zusammen.

„Nein, natürlich nicht", sagte ich und schüttelte den Kopf. „Das liegt daran, dass es zu Hause bei der Babysitterin ist. Meine Freundin hier hatte einen

Muttermilchnotfall." Ich gestikulierte zu Jade, die ihn müde ansah.

Sie drückte eine Hand auf ihre Augen. „Das ist mir so peinlich." Dann ließ sie ihre Hand sinken und starrte ihn direkt an. „Meine Brüste haben plötzlich angefangen zu pochen und … Ugh. Bevor wir nach Hause kommen konnten, bin ich irgendwie geplatzt."

Die Augen des Polizisten waren auf Jades volle Brüste fixiert. Er schluckte und riss seinen Blick weg. „Ich verstehe. Das sieht … unangenehm aus."

„Ist es auch. Ich lasse irgendwie alles raushängen", sagte Jade und schnitt eine Grimasse, während sie ihre Brüste mit ihren Handflächen bedeckte. „Macht es Ihnen was aus, wenn Pyper mich nach Hause bringt? Wir versprechen, langsamer zu fahren." Sie blickte unschuldig zu ihm auf und klimperte mit den Wimpern.

Gute Göttin. Sie trug wirklich dick auf. Aber wenn sie es schaffte, mir einen Strafzettel zu ersparen, war es das wohl wert. Obwohl wir so nie rechtzeitig zu Charlie kommen würden.

„Natürlich. Tut mir leid wegen der Unannehmlichkeiten." Der Polizist tippte an seine Mütze. „Ich hoffe, Ihr Tag wird besser." Dann eilte er zurück zu seinem Streifenwagen. Eine Sekunde später rauschte sein Auto an uns vorbei, und er verschwand auf dem Parkplatz der Wache.

„Los!", befahl Jade und zog schon ein frisches T-Shirt

aus ihrer riesigen Tasche. „Ich habe mir angewöhnt, immer Ersatz dabeizuhaben. Die Zeit nach der Schwangerschaft ist nichts für schwache Nerven."

„Wohl nicht", sagte ich und verzog das Gesicht. War das wirklich das, was mich erwarten würde? Ich würde es definitiv herausfinden. Ich drückte eine Handfläche auf meinen flachen Bauch, holte tief Luft und versuchte, daran zu denken, wie ich mich gefühlt hatte, als ich Juliet das erste Mal im Arm gehalten hatte. Ihr süßes kleines Gesicht hatte mich verzaubert, und die Art, wie sie sich an meine Brust gekuschelt hatte, hatte eine Welle von Liebe durch mich geschickt. Ein bisschen auslaufende Muttermilch würde mich nicht davon abhalten. Sechs Wochen nach der Geburt würde ich vielleicht anders empfinden, aber wenn Jade es konnte, konnte ich es auch.

„Fahr hier rüber." Jade, bereits sauber in einem frischen T-Shirt, war aus dem Auto gestiegen, als ich den Motor abstellte. „Kane!", rief sie.

Ein großer dunkelhaariger Mann drehte sich in unsere Richtung um und kam auf uns zu.

„Hast du sie erwischt?", fragte ich und lief um das Auto herum, um seinen Unterarm zu packen.

Er nickte, aber sein Gesichtsausdruck war besorgt, als er sich mit der Hand durch sein dickes Haar fuhr. „Eine Strafverteidigerin ist unterwegs, aber ..." Er schüttelte den Kopf. „Es sieht nicht gut aus."

„Was meinst du?", fragten Jade und ich gleichzeitig.

„Die Bruderschaft hat einen Kontakt da drin", sagte er und legte einen Arm um die Taille seiner Frau. „Er sagte, sie haben ein Video davon, wie Charlie kurz nach Mitternacht gegangen ist ... das ist nach dem geschätzten Zeitpunkt von Sams Tod."

Ich stieß ein hörbares Keuchen aus, als mein Kopf zu schmerzen begann. Charlie war zu einem solchen Verbrechen nicht fähig, und der Geist war zu mir gekommen, richtig? Eine leise Stimme in meinem Hinterkopf sagte: *Woher weißt du, dass sie die Wahrheit gesagt hat?* Ich schüttelte den Kopf und verdrängte den Gedanken. „Wir müssen mit Charlie reden."

„Ich glaube nicht, dass das möglich sein wird", sagte Kane. Er hatte tiefe Sorgenfalten auf der Stirn, und seine Augen waren zusammengekniffen. „Die Anwältin meinte, sie würde ihr Bestes geben, aber wahrscheinlich wird Charlie die Kaution verweigert werden. Wir müssen bis morgen nach der Anklageerhebung warten, um sie überhaupt besuchen zu können."

Jades Handy summte. „Verdammt. Das ist Bea." Sie hob das Handy an ihr Ohr. „Hey, Bea. Alles okay mit Juliet? Stimmt was nicht?"

Kane richtete seinen besorgten Blick auf seine Frau, während wir beide darauf warteten, was Bea zu sagen hatte. Sie war die ehemalige Anführerin des Zirkels von New Orleans und Jades derzeitige Babysitterin.

„Verdammt. Okay. Ich bin gleich da. Danke." Sie beendete das Gespräch und klammerte sich an Kanes

Arm. „Sie hat leichtes Fieber. Ich muss sie zur Heilerin bringen. Bea glaubt nicht, dass es ernst ist, hat aber vorgeschlagen, dass es am besten wäre, gleich spezielle Kräuter zu besorgen."

„Dann lass uns gehen", sagte Kane und legte seine Hand um ihre.

Jade drehte sich zu mir um. „Sag mir Bescheid, wenn du noch irgendwas herausfindest. Und ruf mich jederzeit an, wenn du mich brauchst."

Ich würde die neue Mutter auf keinen Fall anrufen, wenn es Juliet nicht gutging. Aber ich wusste, dass Jade das nicht hören wollte, also nickte ich nur. „Geh und kümmere dich um unseren kleinen Schatz. Ich warte auf die Anwältin."

Jade umarmte mich fest. „Du bist eine großartige Freundin."

„Du auch." Ich streckte die Hand aus und drückte Kanes Hand, denn ich wusste, dass er alle Register gezogen hatte, um Charlie den besten Anwalt zu besorgen, den er finden konnte. „Geh. Ich ruf' dich später an."

Kane beugte sich vor und drückte mir einen Kuss auf die Schläfe. Im nächsten Moment zog er seine Frau an sich, und die beiden verschwanden, als Kane sie in die Schattenwelt brachte. Im Nullkommanichts würden sie wieder vor Beas Haus auftauchen, obwohl ich mich fragte, wie sie das Baby ohne Auto zur Heilerin bringen sollten. Aber ich hatte keine Zeit, mir darüber

Gedanken zu machen. Sie würden schon einen Weg finden.

Ich holte mein Handy heraus, ging zur Wache und rief meinen Verlobten Julius an, um ihn zu informieren und ihn wissen zu lassen, dass ich auf unbestimmte Zeit auf Charlies Anwältin warten würde.

KAPITEL DREI

ie sich herausstellte, ging die elegante dunkelhaarige Anwältin im Wartezimmer auf und ab, als ich die Wache betrat. Es bestand kein Zweifel daran, dass sie Anwältin war. Sie hatte diesen scharfen, intelligenten Look. Ganz zu schweigen davon, dass sie gerade mit jemandem telefonierte und über Charlies Fall sprach. Ich brauchte nicht lange, um zu erkennen, dass die Person am anderen Ende der Leitung Kane sein musste, als sie erwähnte, dass sie ihm die Rechnung schicken würde.

„Entschuldigen Sie", sagte ich, als sie das Gespräch beendet hatte.

Die Anwältin hob ruckartig den Kopf, ließ ihre dunklen Augen über mich wandern und lächelte. „Sie müssen Pyper sein."

„Das bin ich. Hat Kane Ihnen gesagt, dass ich hier sein würde?"

Sie nickte. „Er sagt auch, dass Sie besondere Fähigkeiten haben und einige Informationen sich als nützlich erweisen könnten."

Ich sah mich nach den Leuten um, die herumliefen, und senkte dann meine Stimme. „Das tue ich, aber bisher sind meine Informationen … unvollständig. Es würde helfen, wenn ich Charlies Version der Geschichte kennen würde."

Sie runzelte die Stirn. „Auch wenn Mr. Rouquette mein Honorar bezahlt, ist Charlie meine Mandantin. Ich kann weder Ihnen noch sonst jemandem ohne ihre Erlaubnis etwas sagen."

„Ich verstehe", sagte ich schnell und streckte meine Hand aus. „Ich bin Pyper Rayne, und Charlie kennt mich seit Jahren. Sagen Sie es ihr. Sagen Sie ihr … sagen Sie ihr, ich habe mit Sams Großmutter gesprochen …, die zufällig ein Geist ist."

Die Anwältin nickte, tippte etwas in ihr Handy, steckte das Gerät ein und streckte dann ihre Hand aus. „Sasha Briggs. Freut mich, Sie kennenzulernen, Pyper Rayne. Ich werde mit meiner Mandantin sprechen und mich bei Ihnen melden."

„Perfekt." Die Anwältin hatte mit der Bruderschaft zu tun. Es war keine Überraschung, dass sie die Vorstellung, dass ich mit Geistern sprach, gelassen akzeptierte. Ich griff in meine Tasche, um eine Visitenkarte herauszufischen, aber bevor ich sie ihr geben konnte, rief jemand ihren Namen.

„Sasha Briggs, Ihre Mandantin ist bereit, Sie zu empfangen."

„Das ist mein Stichwort", sagte sie und ging bereits zur Tür.

Ich drückte ihr die Visitenkarte in die Hand. „Ich warte auf Ihren Anruf."

Sie nickte mir knapp zu und verschwand einen Moment später hinter der gepanzerten Tür.

MEINE SCHRITTE HALLTEN auf dem Holzboden meiner Wohnung in der Bourbon Street wider, während Stella, mein weiß-goldener Shih Tzu, mich von ihrem Platz auf dem Sofa aus anstarrte. Ich war seit über einer Stunde zu Hause und hatte das Gefühl, gleich aus der Haut fahren zu müssen. Ich musste etwas tun, wusste aber nicht, was. Ich konnte nicht viel ausrichten, bis ich mit Sasha Briggs gesprochen hatte. Aber wer wusste, wie lange sie mit Charlie eingesperrt sein würde? Ich hatte mich entschieden, nicht auf der Wache zu warten. Es gab wirklich keinen Grund dafür, da ich sie erst nach der Anklageerhebung am nächsten Tag sehen könnte. Und Sasha hatte schon gesagt, dass sie anrufen würde, wenn sie könnte.

Also war ich nach Hause gegangen und hatte das

Kleid ausgezogen, das ich bei meiner Brautparty getragen hatte, und stattdessen zerrissene Jeans und ein Sweatshirt mit der Aufschrift *PARDON MY GHOST'S FRENCH ROAST* angezogen. Es war eine Ode an meinen Hausgeist Ida May, die die meiste Zeit im Café damit verbrachte, unangemessene Dinge auf die Tafel mit den Sonderangeboten zu schreiben.

Was ist los mit dir? Haben deine Freunde vergessen, Thunder from Down Under zu deiner Brautparty einzuladen?

Wenn man vom Teufel spricht. Ich schnaubte, drehte mich um und entdeckte den dunkelhaarigen, lockigen Geist in ihrem Spitzennachthemd und schwarzen Strümpfen. In ihrem früheren Leben war sie eine der Ladys von Storyville gewesen – dem Rotlichtviertel von New Orleans. Und sie ließ das niemanden vergessen. „Kein Thunder from Down Under", bestätigte ich. „Aber es gab eine Dessous-Show. Ich glaube, ich habe ein paar Outfits bestellt, aber ehrlich gesagt bin ich mir nicht sicher, da Charlie mitten auf der Party verhaftet wurde."

Was?, fragte der Geist, und ihre großen braunen Augen weiteten sich vor Entsetzen. *Diese Bastarde haben sie verhaftet? Wofür?*

„Mord." Ich setzte mich auf die Armlehne meines kaffeebraunen Sofas und streckte die Hand aus, um Stella zu streicheln. Der kleine Hund rollte sich auf den Rücken und streckte mir den Bauch entgegen.

Charlie? Mord? Wen hat sie umgebracht? Irgendeinen

Vollidioten, der seine Finger nicht von den Ladys lassen konnte?, fragte Ida May und entspannte ihre Schultern, als wäre das vollkommen verständlich.

„Nein. Sam, eine der Tänzerinnen in Kanes Club." Schon beim Aussprechen dieser Worte wurde mir die Brust eng.

Ida May schwebte in der Luft und blinzelte nur.

Ich seufzte. „Ich weiß. Das kann sie unmöglich getan haben."

Du hast vollkommen recht, das hat sie nicht. Du und Jade müsst das in Ordnung bringen. Was können wir tun? Wo ist sie gestorben? Lass uns gehen. Vielleicht ist ihr Geist noch da und wir können die Einzelheiten aus erster Hand erfahren. Ida May schwebte zur Tür. Als ich ihr nicht sofort folgte, wirbelte sie herum und deutete auf die Tür. *Worauf wartest du?*

Jetzt war ich an der Reihe, zu blinzeln. Dann stieß ich ein ungläubiges Lachen aus. Wieso hatte ich nicht daran gedacht? Was sollte ich tun? Herumsitzen und warten, bis Sams Großmutter nochmal auftauchte? Zeit zum Handeln, Rayne. Meine Lippen verzogen sich zu einem winzigen Lächeln. „Hat dir schon mal jemand gesagt, dass du was ganz Besonderes bist?"

Andauernd. Jetzt beweg dich. Wir haben einen Mord aufzuklären.

Nachdem ich Stella ein letztes Mal gestreichelt hatte, schnappte ich mir mein Handy und schickte Julius und meinem Bruder Bo eine SMS, um ihnen mitzuteilen, dass sie allein zum Abendessen gehen mussten. Mit meinen Schlüsseln in der Hand ging ich zur Tür.

„Bereit?", fragte ich Ida May.

Du bist diejenige, die schon wieder mit diesem albernen Gerät spielt, sagte sie und meinte damit mein Handy.

Ich verdrehte die Augen. „Komm schon."

Herrisch, murmelte sie.

Ich schnaubte und ging ihr voraus die Treppe hinunter, doch anstatt die Tür aufzustoßen, die zum Parkplatz hinter dem Haus führte, ging ich den Flur entlang. Meine Wohnung war über meinem Café, das direkt neben dem *Wicked* lag. Die Gebäude waren aneinander gebaut, und eine Tür im hinteren Flur verband sie. Da Kane und ich beste Freunde waren, war die Tür nie verschlossen, und wir kamen und gingen, wie es uns gefiel.

Das war gut, denn heute brauchte ich Informationen, und ich wollte ihn nicht stören, während er und Jade sich um ein krankes Baby kümmerten.

Du willst zuerst ein paar nackte Frauen sehen?, fragte Ida May mit einem hohen, klingenden Lachen.

Ich verdrehte die Augen und ignorierte sie.

Ich weiß, dass du früher den Laden geschmissen hast, fügte sie hinzu, als sie mir in das Büro folgte, das Charlie und Kane teilten, *aber selbst bei all den nackten Tänzerinnen halte ich immer noch den Rekord für Tittensichtungen. Damals, als ich gelebt habe, haben die Mädchen, die ich gekannt habe, immer alles raushängen lassen. Du hättest sehen sollen –*

„Pyper. Hey", sagte Kane, ohne zu bemerken, dass er Ida May gerade das Wort abgeschnitten hatte. Da ich die Einzige hier war, die sie hören oder sehen konnte, hatte er keine Ahnung, dass sie überhaupt bei mir war. Er legte den Hörer auf die Gabel und stand auf.

Ich hatte ihn nicht gesehen, bis er gesprochen hatte. Ich hatte gedacht, er wäre noch mit Jade bei der Heilerin. Und da Charlie auf der Polizeiwache war, hatte ich angenommen, dass niemand hier sein würde. „Hey", sagte ich, ging zu ihm und umarmte ihn. Der Tag war so anstrengend gewesen, dass ich die Unterstützung brauchte.

Er schlang seine Arme um mich und drückte mich fest an sich, seine Lippen küssten meine Schläfe brüderlich. „Bist du okay?"

„Sehe ich so schlimm aus?", fragte ich mit einem humorlosen Kichern. Das Bild von Charlie, die von der Polizei abgeführt worden war, ging mir nicht aus dem Kopf, und mir wurde schlecht davon.

„Nur ein bisschen ausgelaugt. War ein ziemlicher Tag." Er zog sich zurück und lächelte mich beruhigend an. „Ich bin sicher, es ist nichts, was sich nicht mit ein bisschen Kriegsbemalung beheben lässt."

Ich kniff ihn in die Brust und brachte ihn zum Lachen, als er versuchte, wegzuspringen, aber ich zwickte fester und ließ ihn nicht los. „Wie geht's der Kleinen?"

„Besser." Er senkte sein Kinn auf meinen Kopf. „Der Heiltrank hat das Fieber sofort gesenkt. Das war Jade am Telefon. Sie hat gesagt, Juliet schläft. Vollkommen erledigt. Du kennst Jade ja. Sie sitzt im Bett, mit dem Baby neben sich, während sie das größte Stück Käsekuchen verdrückt, das die Welt je gesehen hat."

Ich konnte mir das Lachen nicht verkneifen. „Hat sie zugegeben, dass sie ein Viertel davon schon gegessen hat?"

Er zitterte vor Lachen. „Natürlich nicht."

„Nun, wenn sie übertreiben will, ist das wohl ein guter Zeitpunkt. Stillen hilft ihr, die Kalorien zu verbrennen."

Er sah auf mich hinab, sein Blick blieb an meinem Bauch hängen. „Gibt's da Neuigkeiten?"

Ich versetzte ihm einen Schlag auf die Brust, als ich mich zurückzog. „Nein. Hör auf, danach zu fragen." Es war das dritte Mal in diesem Monat. Anscheinend wollte er, dass Tante Pyper jetzt, wo er eine Tochter hatte, unbedingt auch Nachwuchs produzierte. „Ich fange an zu denken, dass es wie mit dem Sprichwort ist … ein Topf, den man beobachtet, fängt nie an zu kochen."

Um seine dunklen Augen tanzten Lachfältchen, während er gespielt angewidert die Nase rümpfte. „Ich habe euch definitiv nicht dabei … Eww, Pypes. Das ist widerlich."

Bitte, sagte Ida May in mein Ohr. *Als ob er nicht zuschauen würde, wenn er die Gelegenheit bekäme. Er ist ein Mann.*

„Er ist auch wie mein Bruder, also lass gut sein, Ida May."

Kane grinste. „Ich sehe, unser Lieblingsgeist sucht uns heim."

„Ja. Eigentlich waren wir auf dem Weg zu Sams Haus, um zu sehen, ob wir das Glück haben, Geister zu finden, die uns was über die Geschehnisse von letzter Nacht erzählen können. Oder um zu sehen, ob Sam noch da ist. Aber ich brauche ihre Adresse. Sie sollte in ihrer Personalakte stehen."

„Das ist keine schlechte Idee. Soll ich mitkommen?", fragte er, während er auf dem Computer herumtippte und vermutlich nach ihren Personalakten suchte.

„Nein. Du sollst nach Hause gehen und Jade vor sich selbst retten, bevor sie sich noch mehr Umstandsmode kaufen muss." Ich zwinkerte ihm zu. „Aber ich sage dir Bescheid, falls wir irgendwas herausfinden."

„Ruf mich an, wenn du mich brauchst." Er kritzelte die Adresse auf einen Zettel, aber bevor er sie mir gab, kniff er die Augen zusammen. „Okay?"

„Mach' ich. Himmel! Komm mir jetzt nicht wie Bea." Sie hatte die Angewohnheit, uns alle zu bemuttern, selbst wenn wir es nicht brauchten.

„Ich glaube, dass ich dich wie Bea behandle, ist genau

das, was du brauchst." Er gab mir den Zettel. „Sei vorsichtig, okay?"

Die Sorge in seinem Ton kam so von Herzen, dass Wärme bis in meine Zehenspitzen floss, so wie es immer der Fall war, wenn ich mit der Wahrheit konfrontiert wurde, dass Kane, obwohl wir nicht blutsverwandt waren, in jeder Hinsicht Familie für mich war. Genau wie Jade. Zusammen mit Julius und meinem Bruder Bo würden diese beiden für mich durchs Feuer gehen, wenn es nötig wäre. Genau wie ich es für sie tun würde.

„Komm her", sagte ich und streckte ihm meine Arme entgegen. „Lass dich von mir umarmen."

Er trat wieder in meine Arme und drückte mich fest an sich.

„Gib deinen beiden schönen Frauen auch eine von mir, okay?"

„Darauf kannst du dich verlassen." Er ließ mich los und begleitete mich zur Tür. „Jetzt besorg, was du brauchst, um Charlie zu entlasten."

Ich salutierte und nickte Ida May zu, um ihr zu bedeuten, dass sie mir folgen sollte.

Als wir draußen waren, drückte Ida May sich den Handrücken an die Stirn. *Ich brenne vor Sünde. Dieser Mann ist* heiß*!*

„Er ist vergeben", sagte ich sanft, als ich mich auf den Fahrersitz meines roten VW Käfers fallen ließ.

Ich auch, sagte Ida May ziemlich genervt. *Das heißt nicht, dass ich nicht hinsehen kann. Sie schnalzte. Eure*

Generation ist so verklemmt. Reg dich ab, oder entspann dich oder was auch immer ihr Kids heutzutage sagt. Sei nicht so prüde.

Ich musste tatsächlich über ihren mürrischen Gesichtsausdruck lachen. „Prüde? Du hast nicht vergessen, dass ich Bodypainting-Künstlerin bin, oder? Ich bemale dauernd nackte Körper."

Als ob das zählen würde. Fahr einfach, Rayne. Wir haben Geister zu befragen.

KAPITEL VIER

*D*as ist es, sagte Ida May und schwebte die Stufen zur Veranda eines heruntergekommenen Einfamilienhauses in einer ruhigen Straße im Lower Garden District hinauf. Trotz der abblätternden lila Farbe und des durchhängenden Firsts waren die Fenster blitzsauber, und links neben der Tür standen ein Dutzend wunderschöner Blumentöpfe, alle voller weißer, rosa und gelber Blumen. Obwohl das Haus eine gründliche Renovierung nötig hatte, hatte Sam ihr Bestes gegeben, um es zu einem einladenden Zuhause zu machen.

Tränen brannten in meinen Augen, und ich musste sie wegblinzeln. Sams Lebensfreude war überall draußen vor ihrem Haus zu sehen, und es war fast unvorstellbar, dass sie einfach weg war. Ich musste herausfinden, was passiert war, nicht nur um Charlie zu helfen, sondern auch, um Gerechtigkeit für Sam zu finden.

Das Haus sieht leer aus. Ich werde nochmal nachsehen. Bin gleich wieder da. Ida May verschwand durch die Wand und ließ mich allein auf der Veranda zurück.

Ich sah mich um und suchte nach den verräterischen Hinweisen, dass die Polizei früher am Tag dort gewesen war. Sollte es kein Absperrband geben? Vielleicht war das drinnen. Die Tür sah nicht aufgebrochen aus, und es gab nirgendwo Anzeichen von Gewalt.

Nichts, sagte Ida May, gleich nachdem sie wieder durch die Wand gekommen war. *Niemand hier. Nicht einmal gestörte Geister.*

Ich runzelte die Stirn. „Das ist nicht normal."

Ida May schüttelte den Kopf. *Es müsste mindestens ein halbes Dutzend Gaffer geben.*

Damit hatte sie recht. Gewaltsame Todesfälle verursachten eine Störung im Jenseits. Das zog Geister an, die herumhingen und gafften, so wie Menschen es nach einem Autounfall taten. „Hat jemand das Haus ausgeräuchert?", fragte ich mich laut.

Negativ. Ich hätte dieses eklige Zeug schon aus einer Meile Entfernung gerochen.

Sie meinte Salbei. Wenn jemand das Haus von unerwünschter Energie befreien wollte, würde er ein Salbeibündel verbrennen. Ich spähte durch das Fenster und sah ein einladendes Wohnzimmer, das mit bunten Kissen und Kunst dekoriert war. „Vielleicht hat jemand einen Zauberspruch gesprochen, um Geister fernzuhalten?"

Ida May zuckte mit den Schultern. *Das kann ich nicht sagen.* Mein frecher Geist hob ihre Hand an den Mund und tat so, als würde sie gähnen. *Das ist langweilig. Ich gehe zurück ins Café, wo ich betrunkene Leute belästigen kann.*

„Mach das", sagte ich geistesabwesend.

Sie kicherte. *Ich werde dich daran erinnern, dass du das gesagt hast, wenn du dich das nächste Mal beschwerst, dass ich meine Hände bei mir behalten soll.*

„Ida May. Wage es ja nicht –"

Zu spät. Sie grinste mich selbstzufrieden an, bevor sie sich in Luft auflöste.

„Verdammt", seufzte ich leise. „Irgendwann verklagt mich noch jemand ihretwegen."

War aber auch Zeit, dass sie verschwindet, sagte eine krächzende Stimme direkt hinter mir.

Ich zuckte zusammen und stieß einen Schrei aus, als ich mich umdrehte und eine ältere Frau entdeckte, die eine Zigarette zwischen ihren Fingern hielt. Ihre durchdringenden Augen bohrten sich in mich, während sie ihre Lippen schürzte und mich musterte.

Bist du hier, um was wegen Sam zu unternehmen?, fragte der Geist.

„Ich bin hier, um herauszufinden, was passiert ist, ja", sagte ich und griff schon nach dem kleinen Notizblock, den ich in meine Gesäßtasche gesteckt hatte.

Warum? Sie nahm einen Zug von ihrer Zigarette und inhalierte ihn tief.

Oh-oh. Der Geist hatte Hintergedanken. Oder vielleicht wollte sie mich testen, bevor sie mir irgendwelche Informationen gab. Ich musste vorsichtig vorgehen. Ich konnte unmöglich wissen, was sie hören wollte. Ich entschied mich für die Wahrheit. „Meine Freundin Charlie wurde wegen Mordes verhaftet. Und von allen Menschen in New Orleans ist Charlie die letzte Person, von der ich jemals glauben würde, dass sie jemanden töten könnte. Es sei denn, sie müsste sich oder das Leben von jemandem verteidigen, den sie liebt. Das also hat mich hierher geführt. Ich wollte sehen, ob Geister da sind, die mir helfen können, ein paar Einzelheiten zu klären. Aber jetzt, wo ich hier bin … das Haus fühlt sich seltsam an. Leer. Ohne jegliche emotionale Energie. Fast abgestanden. Und so fühlt sich der Tatort eines Mordes nicht an … nie. Jemand vertuscht etwas, und ich werde herausfinden, was es ist.“

Die grauen Augen des Geistes funkelten interessiert. *Du könntest genau das Medium sein, auf das ich gewartet habe.* Die Tür sprang auf, scheinbar von ganz allein. Der Geist schwebte herein, den Kopf hocherhoben und die Schultern gerade, als gehörte ihr das Haus. *Folge mir, Pyper Rayne. Wir haben viel zu besprechen.*

Ich zögerte. Mir war nicht entgangen, dass sie irgendwie meinen Namen kannte. Das bedeutete, dass jemand oder ein anderer Geist ihr gesagt haben musste, wer ich war. Trotzdem, wenn ich das Haus betrat, wäre das Hausfriedensbruch, und wenn ich dabei erwischt würde, wäre nicht abzusehen, was für eine riesige Büchse der Pandora das öffnen würde. Ich könnte wegen allem Möglichen verhaftet werden, von Einbruch bis Mord, wenn sie mich für den Typ Kriminelle hielten, die an den Tatort zurückkehrte.

Sie haben die Falsche verhaftet, rief der Geist aus dem Haus.

Mist. Ich konnte es mir nicht leisten, nicht mit ihr zu reden. Nicht nach dieser Bemerkung. Ich holte tief Luft, wappnete mich und trat über die Schwelle. Die Tür schlug sofort zu, und ein kleiner Schauer des Unbehagens kroch mir über den Rücken. „War das nötig?"

Sie kicherte und drehte sich mit ausgebreiteten Armen im Kreis.

O Sohn eines Käsecrackers. Dieser Geist war verrückt. Ich biss die Zähne zusammen. Ich hatte keine Lust, Spielchen zu spielen. „Ich gehe jetzt."

Der Geist verschwand und tauchte direkt vor mir wieder auf. *Gestern Nacht waren vier andere Leute in diesem Haus. Willst du nicht wissen, wer sie waren?*

Ich zog skeptisch eine Augenbraue hoch. Verrückte Geister spielten oft mit Menschen herum, um Aufmerksamkeit zu bekommen. Ich fing an zu glauben, dass dieser hier überhaupt nichts wusste. „Woher weißt du, wer ich bin? Und woher weiß ich, dass du dir das nicht ausdenkst?"

Natürlich hat Sam es mir gesagt. Und du kannst darauf vertrauen, dass ich mir das nicht ausdenke, denn ich habe Namen.

„Sam ist hier?", fragte ich hoffnungsvoll.

Sie schüttelte den Kopf. *Das war sie, aber du weißt, wie traumatisch es ist zu sterben. Sie sagte, du würdest auftauchen und dass du helfen könntest, kurz bevor sie verschwand. Also sollte ich dir wohl sagen, was ich weiß. Aber zuerst brauche ich was von dir.*

Ich seufzte. Natürlich. Und sie hatte recht. Die Geister derer, die gerade gestorben waren, waren notorisch labil. Selbst wenn Sam hier wäre, wäre sie wahrscheinlich eine unzuverlässige Quelle. Es würde einige Zeit dauern, bis sie sich mit ihrer neuen Realität abgefunden haben würde. „Was ist es? Soll ich einen alten Liebhaber aufspüren? Ein Kind? Den, der dir durch die Lappen gegangen ist?"

Sie lachte schallend. *Ich hatte nie Kinder, und meine Ex-Männer sind mir scheißegal. Nein. Du musst dieses Miststück Maya Blanch finden und Stanley aus ihrem Haus holen, bevor sie ihn zu einem verbitterten alten Mann macht.*

„Du willst, dass ich einen Typen namens Stanley finde und ihn aus seinem Haus hole, bevor du mir erzählst, was du über letzte Nacht weißt?", fragte ich, erstaunt über ihre Dreistigkeit. Aber sie war ja auch ein Geist. Es war nicht ungewöhnlich, dass sie nach dem Tod ihre

Hemmungen verloren. Ich meine, man musste sich nur Ida May ansehen. Obwohl sie im Leben wahrscheinlich genauso verrückt gewesen war wie im Tod. Sie war schließlich eine der Damen der Nacht in Storyville gewesen.

Nicht irgendeinen Typen. Meinen Hund. Stanley ist ein Shih Tzu, und meine zickige Nachbarin hat ihn nach meinem Herzinfarkt zu sich genommen. Stanley hasst sie. Rette ihn, und ich nenne dir alle Namen.

Ein Hund. Pfew! Nun, das war sicherlich leichter, als zu versuchen, einen erwachsenen Mann dazu zu bringen, aus dem Haus auszuziehen, das er mit einer Frau namens Maya Blanch bewohnte. Aber ich war nicht gerade begeistert davon, zur Hundediebin zu werden. Diese Frau konnte nicht so schlimm sein, wenn sie einen Hund aufgenommen hatte. „Ich kann Stanley nicht stehlen. Was erwartest du von mir? Dass ich einbreche und mit ihm weglaufe?"

Ja. Sobald du da rübergehst, wirst du es sehen. Ein Teil des Feuers verschwand aus ihrem Gesicht, und ihre Augen wurden besorgt. *Ich glaube nicht, dass er sicher ist. Bitte geh einfach und sieh nach ihm.*

Verdammt. Jetzt machte sie mir Sorgen um ihren pelzigen Freund. Ich wusste, ich könnte mir nicht mehr in die Augen sehen, ohne mich zumindest versichert zu haben, dass Stanley nicht in Gefahr war. „Okay. Gib mir die Adresse."

Wirklich? Sie ratterte schnell eine Adresse herunter,

die im Stadtteil Lakeview lag. Es war in der Nähe des Ufers des Lake Pontchartrain, und dort lebten die besser betuchten Bürger der Stadt. *Wenn sie fragt, wer dich geschickt hat, sag ihr, Ginny Jacobs lässt aus dem Grab grüßen.*

„Du bist Ginny?", fragte ich.

Verdammt richtig. Maya hat mich gehasst, und deshalb ist sie gemein zu meinem Hund. Sie schob ihre Unterlippe zu einem übertriebenen Schmollmund vor.

„Ich verstehe. Also, Ginny, warum erzählst du mir nicht ein kleines Detail über letzte Nacht, damit ich weiß, dass du mich nicht verarschst. Und dann gehe ich nach Stanley sehen."

Du solltest besser mehr tun, als nach ihm zu sehen, oder, denk an meine Worte, ich werde spuken, wo immer du bist, sagte sie mit zusammengekniffenen Augen.

„Meine beste Freundin ist eine Hexe, die weiß, wie man mit Salbei umgeht", antwortete ich.

Fuck. Sie presste sich die Hand auf die Augen. *Tu einfach … was du kannst, okay?* Ihre Verzweiflung war greifbar, und ich begann zu glauben, dass diese Maya wirklich das Monster sein könnte, als das Ginny sie beschrieb.

„Also gut … erzähl mir was darüber, was letzte Nacht hier passiert ist, und ich werde sehen, was ich tun kann", seufzte ich.

Sie presste die Lippen aufeinander. Dann straffte sie die Schultern und sah mir in die Augen. *Gut. Deine*

Freundin Charlie war hier, aber sie wurde verzaubert. Und das ist alles, was ich sagen werde. Komm morgen Abend mit Stanley wieder, und ich erzähle dir alles, was ich weiß.

Ich öffnete den Mund, um zu verlangen, dass sie mir sagte, was sie damit meinte, dass Charlie verzaubert wurde, aber der Geist verschwand mit einem lauten Knall und ließ mich allein in Sams Haus zurück. „Ginny!", rief ich. Als keine Antwort kam, ging ich in die Küche in der Mitte des Hauses und rief noch einmal ihren Namen.

Nichts. Absolute Stille.

„Verdammt!"

Sie war weg. Ich hätte auch gehen sollen, aber wenn ich schon einmal im Haus war, sollte ich mich wenigstens umsehen, oder? Wenn ich schlau wäre, würde ich meinen Arsch aus dem Haus schwingen, bevor mich jemand dort fand, aber der Gedanke, dass Charlie in einer Gefängniszelle saß, ließ mich nicht mehr los.

Ich ließ meinen Blick durch die Küche schweifen und betrachtete den Stapel Geschirr in der Spüle. Da standen eine Rührschüssel, in der noch eine Art gelber Teig war, Messbecher und ein Spatel. Auf der Arbeitsfläche war eine dünne Schicht weißen Pulvers verstreut, wahrscheinlich Mehl. Ein bisschen davon war auf den Boden gefallen, aber ansonsten war die Küche makellos und ordentlich. Ich ging zum Kühlschrank, nahm ein Handtuch und öffnete damit die Kühlschranktür. Darin stand ein Tablett mit unberührten Keksen, die mit Bikinis bemalt waren, ein fast leerer Krug Mandelmilch,

Eier, Butter und die üblichen Würzmittel. Mein Herz zog sich zusammen. Die Kekse waren für meine Brautparty gewesen. Ich hatte gehört, wie Charlie früher am Tag etwas davon erwähnt hatte.

Ich schloss den Kühlschrank und ging weiter ins Schlafzimmer hinter der Küche. Doch sobald ich den ersten Schritt in das Zimmer machte, erstarrte ich. Es war verwüstet. Überall lagen Klamotten, die aus der Kommode und dem Schrank herausquollen. Die Matratze hing vom Bett. Und Schmuck und Parfümfläschchen lagen verstreut auf dem Kiefernholzboden neben der Kommode.

Das Zimmer war auf den Kopf gestellt worden.

KAPITEL FÜNF

„*D*u willst, dass ich *was* tue?", fragte Bo, und sein Gesichtsausdruck war eine Mischung aus Belustigung und Unglauben.

„Komm schon, Bo. Du hast mich gehört. Wir müssen einen Hund retten." Ich setzte mich auf die Bettkante und ergriff seine Hand. „Ich würde Jade bitten, aber sie ist mit Juliet beschäftigt."

Mein Bruder verdrehte die Augen. „Ich habe genug davon, mich mit dem Gesetz anzulegen. Ich würde lieber nicht in Handschellen enden, wenn es dir nichts ausmacht."

Ich konnte es ihm nicht verdenken. Bevor er zu mir gezogen war, war er das Mündel eines Kleinstadt-Drogendealers gewesen. Und im Sommer war er der Hauptverdächtige in einem Mord gewesen, den er nicht begangen hatte. Jade, ich und unsere Lieben hatten nicht geruht, bis wir den wahren Mörder gefunden hatten, aber es war verdammt beängstigend gewesen. Alles, was Bo wollte, war, zur Schule zu gehen und den Ball flachzuhalten.

„Ich verstehe", sagte ich. „Du hast ein bisschen Normalität verdient."

Er lehnte sich an seinem Kopfteil zurück und kniff seine blauen Augen zusammen, die meinen so ähnlich waren. „Aber das ist, damit du Informationen bekommst, die Charlie helfen?"

„Ja, aber egal. Ich hätte dich nicht fragen sollen", sagte ich schnell, als mir klar wurde, dass er alles für sie tun würde. Charlie kam mindestens zweimal am Tag ins Café, um ihren Koffeinbedarf zu decken. Und meistens, wenn viel los war, sprang sie hinter die Theke und half mit. Irgendwann in den letzten sechs Monaten waren sie Freunde geworden. „Ich werde Kat überreden, mitzukommen."

Er lachte und fuhr sich mit der Hand durch seinen dunkelbraunen Haarschopf. „Kat wird dir nicht dabei helfen, einen Shih Tzu zu stehlen." Er blickte auf Stella hinunter, die sich an sein Bein gekuschelt hatte, und sein Blick wurde sanfter, als er sie hinter den Ohren kraulte. „Wir müssen aber gleich losmachen. Ich habe um zehn Unterricht."

Bo war im letzten Jahr auf der Highschool, was Selbststudium beinhaltete, und er hatte schon ein paar Kurse am örtlichen College belegt. Reagan, seine

Freundin, machte dasselbe, was beiden einen ziemlich flexiblen Zeitplan erlaubte. Ich konnte das Lächeln nicht unterdrücken, das an meinen Lippen zupfte. Bo war viel besser geeignet als Kat. Sie war viel zu verklemmt, um irgendwas zu tun, das nicht vollkommen legal war. Es überraschte mich immer wieder, dass sie und Jade schon ewig beste Freundinnen waren. Jade war jemand, der Risiken einging, wenn es darauf ankam, während Kat alles nach Vorschrift machte. Aber Kat hatte uns nie im Stich gelassen, wenn es um etwas Wichtiges ging, also war meine Einschätzung vielleicht nicht ganz fair.

Trotzdem würde es mit Bo als Partner viel mehr Spaß machen. Er würde mir wahrscheinlich keine Vorträge über Hausfriedensbruch halten. Ich beugte mich vor und schlang meine Arme um ihn. „Danke!"

„Dank mir noch nicht. Wenn du glaubst, dass ich dich nicht der Polizei zum Fraß vorwerfen werde, wenn sie hinter uns her sind, denk nochmal nach, Hundenapper." Er grinste mich an und zog Stella auf seinen Schoß.

Ich hob kapitulierend die Hände. „Ich werde die Schuld gern auf mich nehmen."

Er schnaubte. „Hast du das gehört, Julius?", rief Bo. „Pyper ist zu einem bösen Mädchen geworden. Du solltest besser was unternehmen, um sie zur Räson zu bringen."

Julius erschien in der Tür. Er trug tiefsitzende Jeans und ein weißes T-Shirt. Bo hatte ihm in letzter Zeit Modetipps gegeben, und er sah nun aus, als gehörte er tatsächlich ins 21. Jahrhundert. Das war so ganz anders als sein 1920er Look, den er getragen hatte, seit er die Geisterwelt verlassen hatte und wieder menschlich geworden war.

Seine grünen Augen funkelten, als er mir ein Lächeln zuwarf. „Zu einem bösen Mädchen geworden? Bitte! Was glaubst du, hat mich zu ihr hingezogen? Aber ich bin immer da, wenn sie … bestraft werden muss."

Ich grinste ihn an, da ich wusste, dass er Bo aufzog.

Bo sah zwischen uns hin und her und rümpfte in gespieltem Ekel die Nase. „Ewww! Nehmt euch ein Zimmer."

„Klingt nach einem Plan." Ich sprang vom Bett und ging zu meinem Verlobten. Ich machte eine Show daraus, meine Hand über seine Brust gleiten zu lassen, während ich mit den Wimpern klimperte. „Sollen wir uns einen privaten Ort suchen?"

Er lachte und legte einen Arm um meine Taille. „Ich kann nicht sagen, dass ich dieses Angebot ausschlagen würde."

„Ugh." Bo rutschte auf sein Bett und vergrub seinen Kopf unter einem Kissen. „Verschwindet. Und versucht, leise zu sein, ja? Ich will euch nicht Babys machen hören."

„Dann setz lieber deine Kopfhörer auf", zog ich ihn auf. „Vielleicht habe ich gerade meinen Eisprung."

„La, la, la, la, la", sang er und rollte sich herum, um uns den Rücken zuzukehren.

Kichernd zog ich Julius aus seinem Zimmer in unseres.

In dem Moment, als unsere Tür ins Schloss fiel, drückte Julius mich gegen die Wand und legte seine Hände auf meine Hüften. „Ist heute wirklich Baby-Mach-Nacht?"

Ich drückte meine Hände auf seine Brust und lächelte ihn an. „Ja."

„Den Göttern sei Dank", sagte er mit einem erstickten Stöhnen, während seine Lippen meine verschlangen.

„BIST DU SICHER, dass das der richtige Ort ist?", fragte Bo skeptisch, als er in die leere Wohnung spähte. Die Adresse hatte sich als ein hässliches dreistöckiges Apartmentgebäude mit zwölf Wohneinheiten herausgestellt, das so gar nicht in die gehobene Nachbarschaft passte.

„Das ist die Adresse, die Ginny mir gegeben hat. Aber sie ist ein Geist. Also …" Ich zuckte mit den Schultern, überzeugt, dass Ginny entweder verrückt war oder jegliches Zeitgefühl verloren hatte und Maya und ihr Shih Tzu schon seit ein paar Jahrzehnten nicht mehr hier lebten. Das passierte. Geister waren nicht die zuverlässigsten Wesen.

„Richtig." Bo drehte sich um, um die Treppe wieder

hinunterzugehen, hielt aber inne, als mein Handy summte. „Ist das die Anwältin?"

Ich warf einen Blick auf die Nachricht von Jade. Sie hasste es, dass wir sie heute Morgen zu Hause gelassen hatten, aber was sollten wir tun? Juliet zu einem Hundenapping mitnehmen? Wohl kaum.

„Nein." Die Anwältin hatte sich noch nicht bei mir gemeldet, und diese Tatsache machte mich wahnsinnig. Ich wollte bis zum Mittagessen warten und sie dann anrufen. „Jade meldet sich nur. Sie kann es nicht ertragen, von der Action ausgeschlossen zu werden."

Er schnaubte. „Ach nein, darauf wäre ich nie gekommen."

Ich tippte eine Nachricht zurück, in der ich ihr mitteilte, dass unser Ausflug ein Reinfall war und wir auf dem Weg zurück zum Café waren. „Lass uns frühstücken gehen."

„Das hört sich schon besser an." Bo zog sich die Kapuze seines Sweatshirts über den Kopf, um den Dezemberwind abzuhalten. Bis heute waren es in der Crescent City noch knapp über 20 Grad gewesen. Aber heute Morgen waren wir bei knapp über null Grad aufgewacht, und es war nicht viel wärmer geworden. Das war für die Bewohner von New Orleans geradezu eisig.

„Böser Stanley! Beweg dich!", knurrte eine tiefe, raue Stimme aus der Wohnung unter uns. „Ich muss zur Arbeit."

Bo erstarrte und sah mich an.

„Jackpot", flüsterte ich und blickte zwischen den Stufen nach unten. Eine Frau mit kurzen pink gefärbten Haaren, die ausgefranste Jeans und ein fleckiges LSU-Sweatshirt trug, zerrte an der Leine eines kleinen gestromten Shih Tzu. Der arme Hund zitterte und duckte sich vor ihr weg, als sie versuchte, ihn zurück in ihre Wohnung zu zerren. „Verdammt. Ginny hatte recht. Er hat Angst."

Bo seufzte. „Sieht so aus, als stünde heute Morgen Hundediebstahl auf dem Programm."

Wir gingen die Treppe wieder hinauf und versuchten, uns aus dem Blickfeld der Frau zu halten. Wenn wir Glück hatten, würde sie Stanley in der Wohnung lassen, und sobald sie weg war, würden wir unsere Mission erfüllen.

Einbruch. Großartig. Ich war nicht nur bereit, das Gesetz zu brechen, sondern machte meinen Bruder auch zu einem Kriminellen.

„Hör zu, Bo", sagte ich, sobald Maya in ihrer Wohnung verschwunden war. „Hol du das Auto. Ich kümmere mich um Stanley."

Er blinzelte mich an.

„Bo", warnte ich. „Keine Widerrede. Wenn wir erwischt werden ..." Ich schauderte. Mit einer Anzeige wegen Hundediebstahls würde ich klarkommen. Aber wenn Bo bei seiner Bewerbung fürs College vorbestraft wäre, würde ich mich selbst hassen.

„Okay, okay." Er streckte die Hand nach den

Schlüsseln aus. „Aber ich gehe erst, wenn Cruella weg ist. Ich werde sie im Auge behalten, während du den Hund holst."

„Na gut." Ich holte Luft und klopfte auf meine Hüfte, um meinen magischen Dolch zu finden. Normalerweise trug ich ihn nicht bei mir, aber wenn man das Gesetz brechen wollte, konnte man nie gut genug vorbereitet sein. Ich war ein Medium, keine Hexe. Na ja, jedenfalls keine große Hexe. Mein Dolch hatte eine Macht, die ich einsetzen konnte, aber das war auch schon alles. Ich benutzte ihn nie, es sei denn, es gab einen verdammt guten Grund, aber ich hoffte wirklich, dass ich ihn nicht brauchen würde, um Stanley zu retten.

Die Wohnungstür im Erdgeschoss öffnete sich und fiel dann schnell wieder zu. Die Frau klagte leise darüber, dass sie den undankbaren Hund loswerden müsse, und sagte etwas von Tötungsstation.

Ich keuchte und schlug schnell die Hand vor den Mund, während ich mich gegen die Wand drückte und betete, dass die Frau zu abgelenkt war, um mich zu hören.

„Geschmeidig", sagte Bo und verdrehte die Augen. „Wenn ich nicht gesehen hätte, wie du dich in einigen wirklich verrückten magischen Kämpfen behauptet hast, würde ich annehmen, dass du für diese Gaunerei vollkommen ungeeignet bist."

„Gaunerei?", lachte ich erstickt. „Was glaubst du, wer du bist? Shaggy von Scooby-Doo?"

„Eher Velma. Ich bin das Gehirn dieser Operation." Er grinste mich an und bedeutete mir, vor ihm die Treppe hinunterzugehen. „Cruella ist weg."

„Gut. Ich weiß, wir haben sie nur kurz gesehen, aber sie jagt mir kalte Schauer den Rücken runter. Ich will mir nicht vorstellen, was Stanley durchmachen muss." Meine Schritte waren lautlos auf der Treppe. Ich blieb vor der Tür der Frau stehen und winkte Bo weiter. „Schau, dass sie wirklich weg ist."

Er salutierte und grinste schief. „Versuch, nicht erwischt zu werden."

Ich verdrehte die Augen, betete aber insgeheim, dass sie keine Alarmanlage hatte. Wenn ein Alarm losginge, wäre ich aufgeschmissen. Mein Handy summte mit einer Nachricht von Bo.

Luft ist rein. Mach dein Ding.

Ich antwortete mit einem Daumen-hoch-Emoji und klopfte an die Tür, nur für den Fall, dass noch jemand in der Wohnung war.

Ein leises Wimmern war die einzige Antwort.

„Keine Sorge, Stanley. Ich komme", flüsterte ich. Nachdem ich die Türklinke ausprobiert und wie erwartet festgestellt hatte, dass abgeschlossen war, zog ich meinen Dolch und drückte ihn gegen den Türpfosten. Magie floss über die Klinge und dann direkt zwischen Rahmen und Tür. Und plötzlich klickte das Schloss. Die Tür öffnete sich von ganz allein, und ich spähte hinein.

„Stanley?", rief ich.

Das Winseln wurde lauter. Ohne zu zögern rannte ich in die Wohnung und hielt nach dem Hund Ausschau. Meine Augen brannten, als ich auf die hässlichste orange-rote Sofagarnitur mit Blumenmuster stieß. Sie war so grell, dass ich tatsächlich blinzelte. „Göttin im Himmel! Wie kann diese Frau jemals ein Nickerchen machen?"

Das Winseln wurde zu einem scharfen, unaufhörlichen Bellen, das aus dem Nebenzimmer kam. Ich rannte aus dem Wohnzimmer durch einen Durchgang in eine leuchtend gelbe Küche. Orangefarbene Blumen waren auf die Wände gemalt, und alles war makellos sauber. Auf den Arbeitsflächen war nichts zurückgelassen worden. Nicht einmal ein kleines Gerät.

Meine Aufmerksamkeit richtete sich auf den bellenden Hund. Er war in eine viel zu kleine Hundekiste gezwängt worden, in der nicht einmal genug Platz für einen Wassernapf war. „Oh, du armes Baby", gurrte ich, als ich zu ihm eilte. „Lass mich dich da rausholen."

Ich bückte mich, um die Kiste zu öffnen, wurde aber von einem Zahlenschloss aufgehalten.

Ein Schloss? Hatte diese Frau sie noch alle? Dachte sie wirklich, der Hund wäre geschickt genug, um das normale Schloss aufzubrechen? Andererseits, vielleicht war er das. Mit seinem Maul direkt an der Tür hatte er es vielleicht schon einmal geschafft, sie zu öffnen. Und genau das hätte sie verdient. Der arme Hund hatte keinen Platz.

„Keine Sorge, Stanley. Ich mach' das schon." Ich zückte wieder meinen Dolch, aber bevor ich ihn benutzen konnte, summte mein Handy wieder.

Raus da! Die Verrückte ist auf dem Weg zu dir.

Scheiße! Ich warf einen Blick auf Stanley und traf in Sekundenbruchteilen eine Entscheidung. Es war offensichtlich, dass ich die Haustür aufgebrochen hatte. Selbst wenn ich jetzt ging, ließ sich das nicht verbergen. Und wenn Maya erst einmal wusste, dass jemand eingebrochen war, was würde sie alles tun, um ihre Wohnung zu sichern? Ich musste Stanley hier rausholen, solange ich die Gelegenheit dazu hatte.

Ich drückte die Dolchspitze auf das Schloss, wodurch das Metall sofort zerfiel und ein Haufen Späne vor der Tür zurückblieb. Es war nicht abzusehen, was sie denken würde, aber ich hatte keine Zeit, mir darüber Gedanken zu machen. Nachdem ich die Tür aufgerissen hatte, griff ich hinein, um ihn zu packen, aber Stanley rannte los, direkt auf die offene Haustür zu.

„Verdammter kleiner … Kacke auf Toast!", fluchte ich, während ich ihm hinterherrannte. Sobald ich aus der Tür war, versuchte ich, sie zuzuziehen, aber das Schloss war zu beschädigt und sprang sofort wieder auf. Ich hatte halb vor, zu versuchen, es mit dem magischen Dolch zu reparieren, doch ein Schrei erschreckte mich, und ich rannte die zweite Treppe hinauf und versuchte, aus Mayas Sichtfeld zu bleiben.

„Du kleiner Scheißer. Wie bist du aus der Wohnung gekommen?", kreischte sie.

Der Hund knurrte und jaulte dann. Ich beugte mich über das Treppengeländer, um zu sehen, was passierte, und sah, wie Maya die Treppe hinunterrannte und mit ausgebreiteten Armen davonlief. „Komm zurück! Du bist mein Lebensunterhalt, du kleiner Bastard."

Was sollte das bedeuten? Hatte er einen Treuhandfonds oder sowas? Wenn ja, hätte Maya keinen Zugriff darauf. Ginny hatte Maya ihren Hund nicht vererbt. Wenn sie das getan hätte, wäre ich nicht hier.

Es war Zeit, etwas zu unternehmen. Aber was? Wenn Bo sie einen Moment aufhalten könnte, könnte ich den Hund vielleicht ins Auto bringen, bevor Maya es bemerkte. Ich schrieb Bo eine SMS. *Finde einen Weg, Maya abzulenken, während ich den Hund hole.*

Er schickte ein Daumen-hoch-Emoji zurück.

Ich eilte die Treppe hinunter und rannte um das Gebäude herum, gerade rechtzeitig, um Bo zu sehen, der auf Maya zulief. In einer Hand hielt er sein Handy und in der anderen das Taschentuch, von dem Julius verlangte, dass er es immer bei sich trug. Ich schnaubte vor Lachen, als mein Bruder sich das Tuch vor die Augen hielt und laut schniefte.

Die pinkhaarige Frau blieb abrupt stehen und legte

eine Hand auf seinen tätowierten Arm. „Alles in Ordnung, Schatz?"

Bo schüttelte den Kopf und stieß ein ersticktes Schluchzen aus, als er versuchte, etwas zu sagen, doch die Worte blieben ihm im Hals stecken, und er schüttelte den Kopf.

Heilige Scheiße. Die Schauspielkunst des Jungen war oscarwürdig. Was auch immer er ihr für eine rührselige Geschichte auftischen wollte, sie würde episch werden. Daran bestand kein Zweifel.

„Oh, komm her", sagte sie und streckte sich, um seinen Kopf nach unten zu ihrer üppigen Oberweite zu ziehen.

O Götter. Dem verstörten Gesichtsausdruck von Bo nach zu urteilen, würde ich dafür später bezahlen. Ich zögerte einen Moment und überlegte, ob ich ihn vor der Frau retten sollte, die jetzt mit dem Oberkörper wackelte und offensichtlich versuchte, ihre Brüste an Bos Gesicht zu reiben.

Mir wurde übel, und ich überlegte ernsthaft, sie davon abzuhalten. Doch sobald ich einen Schritt auf sie zu machte, starrte Bo mich finster an und gestikulierte in Richtung des Hundes.

Das musste er mir nicht zweimal sagen. Er würde mir nicht verzeihen, wenn er diesen Alptraum umsonst ertragen musste. Mit gesenktem Kopf ging ich schnell an ihnen vorbei und geradewegs auf den Baum zu, unter dem Stanley an Unkraut schnüffelte.

„Sie sind zu freundlich", sagte Bo mit gebrochener Stimme zu Maya. „Es … tut mir leid", stammelte er. „Es war ein harter Morgen."

„Du kannst Maya alles erzählen", gurrte die Frau. „Hat dir jemand das Herz gebrochen? Brauchst du jemanden, der es küsst und wieder ganz macht?"

Widerlich. Sie musste mindestens vierzig Jahre älter sein als er. Jeder Nerv in meinem Körper schrie mich an, mich umzudrehen und meinen Bruder aus dem Griff der Frau zu reißen, aber wir hatten einen Hund zu retten. Je schneller ich ihn ins Auto brachte, desto schneller konnte Bo sie loswerden.

„Würden Sie das?", fragte Bo.

Ich warf ihm einen Blick zu, gerade rechtzeitig, um zu sehen, wie er sein Shirt hochzog. Die Lippen der Frau verzogen sich zu einem breiten Lächeln, als sie seine Hüften packte und ihn an sich zog. Bos Augen bohrten sich in meine, und der harte, berechnende Blick darin ließ mir das Blut in den Adern gefrieren. Es war ein Blick, den ich bei ihm gesehen hatte, als er im Bayou gezwungen gewesen war, für seinen Vormund, den Drogendealer, zu arbeiten.

Zähneknirschend erreichte ich Stanley, und entschlossen, ihn nicht zu verschrecken, kniete ich mich neben ihn und streckte meine Hand aus. „Hey, Junge. Du bist ein Schatz, nicht wahr? Wollen wir gehen? Ich habe Leckerlis für dich." Und weil ich gut wusste, wie Stella auf ihre Leckerlis reagierte, zog ich einen weichen

Kauknochen mit Speckgeschmack aus meiner Tasche und bot ihn Stanley an.

Er verschlang ihn und begann sofort, an meiner Tasche nach mehr zu schnuppern.

„Da, wo das herkommt, gibt es noch mehr, Süßer." Ich gab ihm noch einen, und als er seinen Kopf unter meine Hand schob, um Zuneigung zu bekommen, hob ich ihn hoch und eilte zum Auto, das einen halben Block die Straße runter geparkt war.

Stanley hatte weder Halsband noch Geschirr, und ich verfluchte mich im Stillen, weil ich nicht so weit gedacht hatte. Ich hatte nichts, um ihn hinten festzuschnallen. Das würden wir später ändern.

Mit dem Hund auf meinem Schoß legte ich den Gang ein und fuhr die Straße entlang dorthin, wo Bo versuchte, sich aus Mayas Griff zu befreien. Sie hatte ihre Hände immer noch an seinen Hüften, doch anstatt seine Brust zu küssen, rieb sie ihre Brüste an ihm. Sein Rücken war gekrümmt, und er bemühte sich, zurückzuweichen, aber sie verstand den Wink nicht.

Ich hielt direkt neben ihnen an und hupte.

Das laute Hupen erschreckte Maya, und sie zog sich gerade weit genug zurück, um mich anzustarren. „Was soll der Lärm? Ich bin beschäftigt."

Ich starrte zurück. „Hände weg von ihm! Er gehört mir."

„Oh, also bist du diejenige, die ihm das Herz gebrochen hat, was? Tja, Pech gehabt. Er hat eine richtige Frau gefunden." Sie versuchte, ihre Hand an seine Wange zu legen, aber Bo hielt sie schnell davon ab.

Er packte ihr Handgelenk und schaffte es, eine Armeslänge Abstand zwischen sie und ihn zu bringen. „Tut mir leid, aber sie ist meine Mitfahrgelegenheit. Ich muss los."

Maya packte ihn und öffnete den Mund, um zu protestieren, aber genau in diesem Moment hob Stanley den Kopf und knurrte. Sie ließ Bo los und wirbelte herum. „Hey! Das ist mein Hund."

„Scheiße!", keuchte Bo und rannte zur Beifahrertür.

Maya rannte auf mein Fenster zu und griff mit beiden Händen nach Stanley. Er sprang zurück, duckte sich und winselte, offensichtlich hatte er Angst vor der Frau. „Du kleines Stück Scheiße. Gib mir den Köter!"

„Ich denke nicht", sagte ich. „Er scheint Sie nicht zu mögen." Und dann fuhr ich mit einem bösen Lächeln auf den Lippen das Fenster hoch, gerade rechtzeitig, um ihr den Zugang zu Stanley zu versperren.

Sobald das Fenster oben war, drehte Stanley durch, bellte und knurrte und warf sich dagegen.

„Whoa, Junge", sagte ich beruhigend und legte eine Hand auf seinen Rücken, während ich aufs Gas trat. „Du bist in Sicherheit. Wir haben dich."

Der Hund kletterte auf den Rücksitz, sprang auf seine Hinterpfoten und setzte seine Bellattacke fort, bis wir um die Ecke abbogen und Maya nicht mehr zu sehen war.

Dann ließ er sich auf den Rücksitz fallen und verbarg seine Augen mit seinen Pfoten.

„Also, ich schätze, es steht außer Frage, dass er sie nicht mag", sagte Bo.

Ich warf meinem Bruder einen Blick zu. „Wie geht's deinem Herzen? Alles wieder gut? Hat sie dich mit ihrem roten Lippenstift beschmiert?"

Er schauderte, als er sich mit der Hand über die Brust rieb. „Erwähne das nie wieder. Und wenn du es tust, erzähle ich Julius alles über deine Sammlung männlicher Sexpuppen."

Ich schnaubte und lachte. „Ich habe keine Sammlung männlicher Sexpuppen."

„Die wirst du haben", drohte er. „Du willst doch nicht, dass dein Verlobter drei anatomisch korrekte Puppen unter deinem Bett findet, oder?"

Ich lachte lauter. „Kannst du dir seinen Gesichtsausdruck vorstellen?" Julius war kein prüder Mann, aber er kam aus einer anderen Zeit. Und Sexpuppen waren definitiv etwas, das er noch nicht ganz begriffen hatte.

„Das wäre es schon fast wert, nur um zu hören, was er sagen würde." Bo grinste.

„Lass uns das vielleicht bis nach der Hochzeit aufsparen", sagte ich mit einem Augenzwinkern. „Bis dahin werde ich über deine Knutscherei mit Maya schweigen."

„Ugh. Kein Wort mehr darüber. Nie wieder." Er

presste die Hände auf sein Gesicht und rieb sich die Wangen, als wollte er alle Spuren ihrer Berührung wegwischen.

„Ich kann nicht glauben, dass du das gemacht hast", sagte ich kopfschüttelnd. „Sie ist nicht nur Jahrzehnte älter als du, sie war einfach … eklig."

„Es hat funktioniert, oder?" Er blickte zurück auf den kleinen Hund. „Es war es wert, ihn zu retten. Offensichtlich hat sie ihn traumatisiert."

„Du hast keine Ahnung", sagte ich und streckte die Hand aus, um Bos Hand zu drücken. „Danke."

KAPITEL SECHS

Du schuldest mir ordentlich was, sagte Ida May, als sie ins Grind kam.

Ich blickte zu ihr hinüber, sagte aber nichts, während ich einen Kunden fertig abkassierte. „Kleiner doppelter Latte, Magermilch", sagte ich zu Holly, meiner stellvertretenden Geschäftsführerin. Wir hatten heute zu wenig Personal, und Holly und ich waren ziemlich beschäftigt, bis Bo und Reagan mit der Schule fertig waren. Das bedeutete, dass meine Ermittlungen zu Sams Tod auf Eis lagen, während ich bis zum Nachmittag hinter der Theke festsaß.

Dieser neue Hund ist eine echte Plage. Er tut nie, was ich ihm sage, und er hat einen schlechten Einfluss auf Stella, klagte Ida May, die direkt neben dem Kunden schwebte, der noch auf seinen Kaffee Latte wartete. Sie stemmte die

Hände in die Hüften und kniff gereizt die Augen zusammen.

Ich hatte Stanley oben in meiner Wohnung mit Stella gelassen und Ida May gebeten, ein Auge auf sie zu haben, nur um sicherzugehen, dass sie miteinander auskamen. Da Stella Ida May hören und sehen konnte und Ida May die seltsame Fähigkeit hatte, den Hund im Griff zu halten, hatte sie sich in den letzten Monaten um Stella gekümmert, während ich arbeitete. Die beiden liebten einander, also gab es nie Ärger, aber es klang, als könnte ein weiterer Hund ein Problem schaffen.

Du musst was unternehmen. Ich werde unter diesen Bedingungen nicht arbeiten!, beharrte Ida May.

Ich seufzte und warf einen Blick auf den Kunden, um Ida May zu signalisieren, dass ich noch nicht mit ihr reden konnte.

Oh, bitte. Das ist New Orleans. Alle sind verrückt.

Ich unterdrückte ein Kichern. Sie hatte recht, aber ich hatte ein Geschäft zu führen, und verrückt zu sein war nicht gerade Teil des Marketingplans. Nachdem der Kunde seinen Kaffee bekommen und nach draußen gegangen war, wandte ich mich ihr zu. „Was macht Stanley?"

Ida May straffte die Schultern und machte ein empörtes Gesicht, als sie sagte: „Er wird zu persönlich mit Stella."

„Was soll das heißen? Besteigt er sie oder sowas?"

Holly lachte schallend, sagte aber nichts, während sie weiter die Gebäcktheke auffüllte.

Nein. Er folgt ihr überall hin, atmet schwer und benimmt sich wie ein richtiger Wüstling.

Ich blinzelte sie an. „Ähm, okay. Dir ist schon klar, dass Stanley ein Hund ist, oder?"

Natürlich ist mir das klar! Aber er muss meinem Mädchen ein bisschen Freiraum lassen, sonst tritt sie ihm in den Hintern, weil er nicht respektiert, dass Nein Nein heißt.

Ich seufzte. „Klingt, als wäre er aufgeregt oder gestresst. Sei nicht zu streng mit ihm, okay? Er hat eine harte Zeit durchgemacht, seit seine Besitzerin gestorben ist."

Natürlich, gib ihm den Vertrauensbonus, genau wie jedem anderen Mann auf dieser Welt. In der Zwischenzeit muss Stella seinen Mist ertragen. Bist du sicher, dass du eine Feministin bist?

Ich verdrehte die Augen und wandte mich dann von ihr ab, um die beiden Männer in Anzügen anzulächeln, die gerade hereingekommen waren. „Willkommen im Grind. Was darf ich Ihnen heute bringen?"

„Wie wär's mit einem Date?", sagte der Große mit den schwarzen Haaren und den schwarzen Augen, mit einem Lächeln, das eher wie ein lüsternes Grinsen aussah. „Du siehst aus wie jemand, der im Bett ein echtes Teufelsweib wäre."

Siehst du? Männer sind Schweine, sagte Ida May. *Wenn Stanley sprechen könnte, hätte er bestimmt auch so angefangen. Und als Stella ihm gesagt hat, dass er sich verpissen soll, wäre er bestimmt frech geworden, und ich hätte ihm den Hintern versohlt. Soll ich mich um diesen Clown kümmern?*

Ein Kichern stieg mir in die Kehle, aber ich schluckte es hinunter und sagte: „Nein, danke." Dann drehte ich mich zu Holly um und tat so, als würde ich mit ihr reden, als ich hinzufügte: „Ida May, ich übernehme das ab hier."

„Ida May?", sagte der zweite Idiot zu Holly. „Ziemlich altmodisch, oder? Und du? Lust, die Sau rauszulassen? Ich wette, ein Ausflug in den Stripclub nebenan wäre perfekt. Also, Hübsche, wie wär's, wenn du dich locker machst und mit den großen Jungs spielen gehst?"

Oh, das ist mehr als genug. Ida May wirbelte herum und schoss mit ausgestreckten Händen auf die beiden Männer zu. Gerade als sie sie erreichte, stießen beide erschrockene Schreie aus und pressten sich die Hände auf die Brust.

„Was zum Teufel?", keuchte der große Dunkelhaarige und starrte Holly und mich an.

Die Tür schwang auf, und eine wunderschöne Blondine kam herein. Ihr Gesicht war verkniffen, und sie kam auf die Theke zu wie eine Frau auf einer Mission.

„Oh, ich wette, das sind Filzläuse", sagte Holly. „Ich habe gehört, die tun wirklich weh, wenn man …"

„Ich habe keine Filzläuse!", rief der Mann empört, und sein Gesicht nahm einen dunklen Purpurton an.

Die Frau, die Geld aus ihrer Tasche gezogen hatte,

drehte sich zu den beiden Männern um und verzog das Gesicht. „Das sollten Sie wahrscheinlich untersuchen lassen. Sie wissen schon, nur, um sicherzugehen.” Ihr Blick fiel auf seinen Schritt, und dann zuckte sie mit den Schultern, als gäbe es nichts wirklich Interessantes zu sehen.

Ich unterdrückte ein Lachen, als ich die Bestellung der Frau entgegennahm und sie nach ihrem Namen fragte.

„Ivy”, sagte sie und blickte zu den beiden Männern zurück, die immer noch darüber diskutierten, ob sie Filzläuse haben könnten. Unsere Blicke trafen sich, und wir amüsierten uns. Doch in dem Moment, als sie zur Seite trat, um auf ihre Bestellung zu warten, wurde ihr Gesicht wieder hart.

„Es ist durchaus möglich, dass die Frau von gestern Abend uns …”, begann der ruhigere der beiden Männer.

„Halt die Klappe!”, befahl der Große.

Ida May war verschwunden, nachdem sie die beiden erwischt hatte, doch dann tauchte sie direkt hinter ihnen wieder auf und streckte ihr Bein aus, wobei sie dem Großen mit so viel Wucht in den Hintern trat, dass er nach vorn stolperte.

Er richtete sich fast sofort auf und wandte sich seinem Freund zu. „Was zur Hölle, Barry? Soll ich dir die Fresse polieren?”

Barry hob die Hände und trat zurück, um Abstand zwischen ihnen zu schaffen. „Ich habe nichts getan. Ich schwöre, Kip. Komm schon, warum sollte ich dich treten?"

„Weil du ein Vollidiot bist?" Kip drehte sich um und kam an die Theke. „Gib mir einfach einen Kaffee."

„Klar." Ich goss ihm eine Tasse Kaffee ein und stellte sie auf die Theke. Nachdem ich ihm den Preis genannt hatte, zog er eine Handvoll Vierteldollarmünzen heraus und ließ sie auf die Theke fallen. „Das sollte reichen. Kauf dir was Schönes vom Wechselgeld."

Ida May betrachtete die Vierteldollarmünzen und stieß ein angewidertes Schnauben aus. Sie beugte sich vor und hob die Münzen auf. Eine Sekunde später fielen sie alle wieder auf die Theke und klapperten so laut, dass Barry zusammenzuckte.

„Was zum …?", keuchte Kip mit großen Augen. „Spukt es hier?"

Ich nickte. „Ja. In dem Artikel da drüben können Sie alles über unseren Hausgeist lesen." Ich zeigte auf die gerahmte Geschichte, ein paar Meter entfernt an der Wand. „Aber wenn ich Sie wäre, würde ich nicht lange bleiben. Ida May scheint Sie nicht besonders zu mögen."

Sein Gesicht war schneeweiß geworden, während er mit der freien Hand seinen Schritt bedeckte. „Hat … äh, Ihr Geist das gemacht?"

„Wahrscheinlich", sagte ich mit der Andeutung eines Lächelns. „Sie kann schwierig sein."

Der Stuhl, der Kip am nächsten war, begann scheinbar von selbst herauszugleiten, und das war genug. Kip stürzte aus dem Laden, Barry dicht hinter ihm.

Ida May kicherte und folgte ihnen.

„Sie ist heute in Stimmung", sagte Holly mit einem Kichern. „Was denkst du, wie weit sie ihnen folgen wird?"

Das war eine gute Frage, aber ich hatte keine Zeit, darüber nachzudenken, weil mein Handy anfing zu klingeln. Der Name Sasha Briggs blinkte auf dem Bildschirm. Eine seltsame Mischung aus Erleichterung und Angst traf mich. Ich musste mit der Anwältin sprechen, aber ich hatte auch Angst vor dem, was sie zu Charlies Fall zu sagen hatte.

„Hallo", sagte ich ins Telefon.

„Pyper Rayne?", fragte die Anwältin.

„Ja. Wie geht's Charlie? Hat der Richter ihr Kaution gewährt?"

Sasha seufzte müde. „Ja, der Richter hat ihre Kaution festgesetzt, aber sie hat weder die Mittel, um sie zu bezahlen, noch Vermögenswerte, die sie als Sicherheit verwenden könnte."

„Haben Sie Kane angerufen?", fragte ich sofort.

„Kane Rouquette?", fragte sie.

„Ja. Er wird die Kaution stellen." Es war gar keine Frage, ob Kane das für Charlie tun würde. Sie gehörte zur Familie.

„Sie hat es mir verboten. Charlie will nicht, dass er das tut", sagte Sasha. „Aber sie hat mir die Erlaubnis gegeben, den Fall mit Ihnen beiden zu besprechen."

„Sie lehnt also finanzielle Hilfe ab, aber sie lässt uns daran arbeiten, herauszufinden, was wirklich passiert ist?", fragte ich genervt. *Verdammt, Charlie.*

„So sieht es aus. Können wir uns irgendwo treffen, um den Fall zu besprechen?"

„Bei Sam zu Hause. Da ist ein Geist, der Informationen für mich hat." Ich warf einen Blick auf die Uhr an der Wand. „Wie wär's in zwei Stunden? Ich muss die Stellung halten, bis mein Bruder aus der Schule zurückkommt."

„Dann in zwei Stunden", sagte Sasha und beendete das Gespräch.

Ich steckte mein Handy wieder in die Tasche und sah gerade rechtzeitig auf, um zu sehen, wie Ivy mich mit offenem Mund anstarrte. Ihr Gesicht war kalkweiß geworden und wenn ich mich nicht täuschte, zitterten ihre Hände.

„Sie … sprechen mit Geistern?", fragte sie, und ihre Stimme zitterte eindeutig.

„Ähm, ja. Aber keine Sorge. Sie sind nicht gefährlich." Ich lächelte sie beruhigend an. „Unser Hausgeist ist eher ein Stand-up-Comedian als von der Sorte, die einen heimsucht. Immer für ein oder zwei Lacher gut."

„Ähm, oh. Okay." Sie schluckte und schüttelte dann den Kopf, als wollte sie ihre Gedanken klären. Dann floh sie ohne ein weiteres Wort aus dem Café.

„Ich schätze, die kommt nicht wieder", sagte Holly.

„Sieht nicht so aus." Ich seufzte. Es gab einen Grund,

warum ich mit Gästen nicht viel über Ida May sprach. Klar, wir hatten einen Artikel über sie, aber die meisten Leute schienen zufrieden damit zu sein, über sie zu lesen, ohne sie wirklich zu erleben. Wenn einige von ihnen mit Beweisen für tatsächliche Geisteraktivitäten konfrontiert wurden, rannten sie weg. Und das war nicht gut fürs Geschäft. Und obwohl wir viele Leute hatten, die eine „echte" paranormale Erfahrung suchten, konnten wir es uns nicht leisten, diejenigen zu vertreiben, die ängstlicher waren.

„Ida May!", rief ich.

Der Geist erschien fast augenblicklich. *Was?*

„Ich weiß dein Feuer zu schätzen, aber versuch das nächste Mal, dich ein bisschen zurückzuhalten, okay? Ich glaube, du hast Ivy verschreckt."

Nie. Die läuft vor anderen Dämonen weg.

„Was meinst du?", fragte ich.

Keine Ahnung. Sie hat nicht – Ida May neigte den Kopf, als würde sie etwas belauschen. *Ich muss los. Stella braucht mich.* Damit verschwand mein Hausgeist, wahrscheinlich um Stella vor einem übereifrigen Stanley zu retten.

Ich holte mein Handy heraus und rief Kane an.

KAPITEL SIEBEN

Zwei Stunden später fand ich Stanley zusammengerollt, fast auf Stella, als ich nach oben ging, um ihn abzuholen. Stella hatte den Kopf auf ihren Pfoten und die Augen gereizt zusammengekniffen, als ich sie auf dem Sofa fand. Und sobald ich Stanley hochhob, sprang sie vom Sofa und rannte in Bos Zimmer. Die Tür fiel zu, und ich hätte fast gelacht.

„Ida May, entspann dich. Ich nehme Stanley mit. Stella ist für eine Weile sicher."

Die Tür ging quietschend gerade weit genug auf, damit Stella, wenn sie wollte, das Zimmer verlassen konnte, aber Ida May erschien nicht und antwortete mir auch nicht. Das musste sie auch nicht. Es war glasklar, dass sie Stanley nicht besonders mochte.

Aber ich mochte ihn. Kaum hatte ich ihn hochgehoben, schmiegte er seinen kleinen Kopf an meine

Schulter und stieß einen zufriedenen Seufzer aus. „Du brauchst nur ein bisschen Liebe, nicht wahr, Junge?", gurrte ich, während ich ihn streichelte. „Mach dir keine Sorgen. Tante Pyper hat dich jetzt. Du bist hier sicher."

Der Hund stieß ein süßes Wimmern aus und entspannte sich an mir. Mein Herz schmolz fast auf der Stelle dahin.

Aber in dem Moment, als ich ihm ein Geschirr anlegte, spannte er sich an. Und als ich ihn auf dem Rücksitz meines Käfers festschnallte, winselte er. Ich setzte mich auf den Fahrersitz und fuhr zu Sams Shotgun-Haus. Leider beruhigte sich Stanley erst, als ich das Auto vor Sams Haus anhielt und ihn vor der offensichtlichen Folter rettete, die er erdulden musste. Wer hätte gedacht, dass er ausflippen würde, wenn er angeschnallt war?

„Alles ist gut, Stanley", murmelte ich, als ich die Veranda betrat. „Ich hab' dich."

Stanley!, rief eine vertraute Stimme.

Ich wirbelte herum und sah den grauhaarigen Geist auf uns zu fegen. Stanleys Schwanz begann zu wedeln, und er wand sich, um sich aus meinem Arm zu befreien. „Kannst du sie sehen, Stanley?"

Sein ganzer Körper bebte vor Aufregung, was es schwierig machte, ihn festzuhalten.

Süßer Junge! Ginny streckte die Hand nach dem Hund aus, aber ihre Hände gingen direkt durch ihn und mich hindurch und ließen mich eiskalt zurück.

Ich trat einen Schritt zurück, drückte den Hund an meine Brust und versuchte, ihm etwas von meiner Körperwärme zu geben.

Verdammt! Ginny blieb neben mir stehen, ihre Hand war ausgestreckt, während sie verzweifelt versuchte, den Kopf des Hundes zu streicheln. Sie konnte es natürlich nicht, aber ihre Augen waren sanft vor Liebe, und ihr geisterhafter Körper schien vor Erleichterung zu sinken. *Wenigstens hast du ihn vor dieser schrecklichen Frau gerettet.*

„Wo wir von dieser schrecklichen Frau reden", sagte ich. „Sie schien zu denken, dass dieser Hund ihr Lebensunterhalt ist. Kannst du mir erklären, was das bedeutet? Hast du ein Treuhandvermögen für diesen Hund hinterlassen oder so?"

Ginny sah mich finster an. *Was? Du willst Geld oder so?*

Ich schnaubte. „Nein. Ich versuche nur herauszufinden, wovon sie gesprochen hat. Hast du einen Erben, der diesen kleinen Kerl aufnehmen soll? Oder braucht er ein neues Zuhause?"

Panik flutete ihr Gesicht, als sie eine zitternde Hand auf ihre Brust presste. *Bring ihn nicht in ein Tierheim. Er hat Angst vor Käfigen.*

Ich schauderte, als ich mich an die kleine Hundebox erinnerte. Wenn Ginny davon wüsste, wäre sie bestimmt durchgedreht. „Das habe ich nicht vor. Wir haben zu Hause einen Shih Tzu namens Stella. Wenn Stanley niemanden hat, werden wir ihn behalten."

Es gibt keinen Treuhandfonds, sagte sie.

„Ich habe auch keinen erwartet. Ich will nur, dass er in Sicherheit ist." Nachdem ich Stanley in Mayas schrecklicher Obhut gefunden hatte, hatte ich den süßen Hund sofort mit nach Hause nehmen und ihn so sehr verwöhnen wollen, dass er Cruella vollkommen vergessen würde.

Ginnys Schultern sanken erleichtert herab. *Gut. Ich hatte gehofft, dass ich auf dich zählen kann.*

„Willst du mir sagen, wovon Maya gesprochen hat, falls sie auftaucht und nach Stanley sucht? Ich will nicht überrascht werden, wenn jemand kommt und Besitzansprüche auf diesen süßen kleinen Kerl anmeldet."

Ginny winkte ab. *Darüber brauchst du dir keine Sorgen zu machen. Maya hat von Al gesprochen, meinem Ex. Er ist einmal die Woche vorbeigekommen, um „Stanley zu besuchen".* Sie machte Anführungszeichen mit ihren Fingern um die Worte „Stanley besuchen". Dann verdrehte sie die Augen. *Dabei ist er nur für regelmäßigen Sex gekommen.*

Ich blinzelte und schloss meine Arme fester um den Hund, während ich zu verarbeiten versuchte, was sie gesagt hatte. Mein Verstand kam nicht mit der Information zurecht, dass er dort war, um den Hund zu besuchen, wegen … Sex?

Eww, widerlich, sagte Ginny scharf. *Hol deinen Gedanken aus dem verbotenen Wald. Al war meinetwegen da. Der Hund war nur eine Ausrede. Er ist ein wichtiger Geschäftsmann und dauernd unterwegs. Er hat in seinem*

Leben keinen Platz für einen Hund. Glaub mir, er wird nicht zurückkommen, egal wie sehr Maya um seine Rückkehr und sein beträchtliches Bankkonto bettelt.

„Oh", sagte ich dümmlich und versuchte immer noch, die letzten Gedanken aus meinem Kopf zu vertreiben. „Gut zu wissen."

Sicher, sagte sie und musterte mich interessiert. Sie folgte meiner Hand, die über Stanleys Rücken glitt, während ich versuchte, ihn mit meiner Berührung zu beruhigen. *Also, wirst du meinen kleinen Kerl adoptieren?*

„Ja. Er und Stella sind schon dicke Freunde", sagte ich lächelnd und betete, dass das stimmte. Stella hatte ihn bisher weitgehend toleriert. Hoffentlich würde sie sich an ihn gewöhnen, wenn sie mehr Zeit hatten, sich gegenseitig zu beschnuppern.

Gut. Das ist gut, flüsterte sie. *Pyper wird sich um dich kümmern, Junge. Und denk nur, deine ganz eigene Stella als Freundin. Bist du nicht ein Glückspilz?*

Ich setzte Stanley auf die Veranda und hielt seine Leine fest. „Ginny, kannst du mir von den Leuten erzählen, die in der Nacht hier waren, in der Sam gestorben ist?"

Sie ging in die Hocke, um Stanley näher zu sein, und tat immer noch so, als würde sie ihn streicheln. Zuerst sagte sie nichts, aber dann blickte sie auf und antwortete: „Ich weiß nicht, wer es getan hat. Aber ich weiß, dass es nicht Charlie war, weil ich die ganze Zeit bei ihr war." Ich runzelte die Stirn und fragte mich, was ihre

Verbindung zu Charlie war. „Warum? Woher kennst du sie?"

Ich kenne sie nicht. Sie, ähm ... also, ich fand sie interessant. Ganz zu schweigen davon, dass ich seit über einem Monat keinen Keks mehr gegessen hatte und die, die sie in Sams Küche gemacht hat, haben himmlisch gerochen. Das war, was sie hier gemacht hat. Sam beim Keksebacken helfen. Oder zumindest sollte sie helfen. Stattdessen hat sie am Ende alle selbst gemacht. Sam war ... ein bisschen abgelenkt.

„Interessant, was?", lachte ich. Charlie war definitiv interessant. Ihr wunderschönes Gesicht in Kombination mit ihrer koketten Persönlichkeit zog alle möglichen Leute an: Männer, Frauen, ob homo- oder heterosexuell, und anscheinend auch Geister.

Ich schwöre, es waren die Kekse, beharrte sie, aber sie lächelte verschmitzt. *Wie auch immer, ich bin die Zeugin, die sagt, dass sie nichts mit Sams Tod zu tun hatte.*

„Okay", sagte ich und sah mich nach Sasha um. Die Anwältin war immer noch nicht da und ehrlich gesagt war das wahrscheinlich auch besser so. Ginny redete, und ich wollte sie nicht stören. „Willst du mir sagen, was du mit Sam zu tun hast? Warum warst du hier?"

Sie winkte unbekümmert ab. *Ich war die beste Freundin ihrer Großmutter und habe mal hier gelebt. Es ist angenehmer, hier herumzuspuken als in der Wohnung, in der ich gelebt habe, bevor ich ins Gras gebissen habe. Tess, Sams Großmutter, ist nicht sehr stabil, also sehe ich sie nicht so oft, wie ich möchte, aber wenn sie hier und bei klarem Verstand ist, ist es wie in alten Zeiten.* Der Geist lächelte mich zärtlich an. *Tot zu sein ist nicht immer nur beschissen.*

Yikes. Dieses Gespräch wurde schnell tiefgründig. „Es tut mir leid", sagte ich und wusste nicht, was ich sonst sagen sollte, um die Stille zu füllen.

Sie nickte, antwortete aber nicht.

Ich schlang die Arme um mich, als ein kalter Wind aufkam, dann schickte ich mich an, zu bekommen, weswegen ich gekommen war. „Bist du bereit, mir zu erzählen, was du über die Nacht weißt, in der Sam starb?"

Sie nickte und starrte über die Straße. *Eigentlich weiß ich nicht viel über das, was passiert ist. Was ich habe, sind vier Namen, die Sam mir gegeben hat, kurz bevor sie im Äther verschwunden ist. Wie gesagt, ich war bei Charlie, die die Kekse gebacken hat. Wir haben nie etwas gehört oder was Verdächtiges gesehen, und glaub mir, ich wäre mittendrin gewesen, um dieses süße Mädchen zu retten.*

„Okay." Ich zog mein Notizbuch aus der Gesäßtasche. „Ich bin bereit."

Pamela, Kai, Adrian und Tyler.

Ich schrieb die Namen auf und sah dann wieder zu ihr auf. „Und was haben sie mit Sam zu tun?"

Pamela ist ihre Ex und Adrian ist ihr bester Freund. Die anderen beiden? Da bin ich mir nicht sicher.

„Kannst du mir sonst noch irgendwas sagen?", fragte ich und beobachtete sie genau, um Hinweise darauf zu finden, dass sie etwas zurückhielt. Aber als sie den Kopf schüttelte, wurden ihre Augen traurig, und sie sah wirklich niedergeschlagen aus.

Sam hat den Tod nicht verdient. Sie war ein wunderschönes Mädchen.

„Das war sie", stimmte ich zu und wünschte, ich könnte noch mehr sagen, um den Kummer des Geistes zu lindern. Aber das Einzige, was ich tun konnte, war, den wahren Mörder zu finden und dafür zu sorgen, dass er für sein Verbrechen bezahlte. „Danke, Ginny. Ich weiß deine Hilfe zu schätzen."

Ginny nickte, und ihr Blick blieb auf Stanley gerichtet.

Ich stand da und ließ dem Geist seinen Moment, bis er langsam verschwand, wie ich es erwartet hatte. Geister haben nur eine begrenzte Menge an Energie, und sie war lange hier gewesen.

„Pyper?"

Ich lenkte meine Aufmerksamkeit ruckartig auf die Straße und entdeckte Sasha. Sie trug Jeans, einen grünen Zopfmusterpullover und die süßesten grünen Lederstiefel, die ich je gesehen hatte. Selbst in Freizeitkleidung sah die Anwältin aus wie eine Million Dollar.

Ich hob eine Hand und winkte. „Hey."

Sie eilte die Verandatreppen hinauf. „Tut mir leid, dass ich spät dran bin." Sie griff in die Tasche, die sie in der Hand hielt, und holte ein Stück Papier hervor. „Ich war damit beschäftigt, die Erlaubnis einzuholen, das Haus zu durchsuchen."

„Das ist gut, oder?", fragte ich.

„Sehr gut. Die Polizei hat die erste Durchsuchung schon durchgeführt; aber jetzt bin ich dran. Wollen Sie mir helfen?"

„Ja", sagte ich automatisch.

„Gut." Sie zog Latexhandschuhe aus der Tasche und reichte sie mir. „Wir suchen nach allem, was verdächtig aussieht oder sich verdächtig anfühlt. Natürlich wären eine Notiz oder ein Computer oder Spuren der Droge, mit der sie getötet wurde, ein Goldfund, aber sowas passiert nie. Es ist immer ein Kleidungsstück, eine zusätzliche Zahnbürste, ein geliehenes Buch oder sowas in der Art, das am Ende der ausschlaggebende Beweis ist. Bleiben Sie also aufgeschlossen, und markieren Sie alles, was wir uns Ihrer Meinung nach ansehen sollten."

„Ähm, okay." Diese Ermittlungsmission hatte gerade eine ganz neue Wendung genommen. Aber wenn Sasha meine Hilfe wollte, würde sie sie bekommen.

Sie holte einen Schlüssel aus der Tasche und schloss die Haustür auf. „Ist Ihr Geist aufgetaucht?"

„Ja. Ich habe ein paar Namen, aber ich weiß nicht, wer diese Leute sind, also muss ich ein bisschen recherchieren, bevor wir sie befragen können."

Die Anwältin hielt inne und sah mich an. „Wir?"

„Ja, wir. Ich habe Guides und andere Wesen, die mir in der Regel sagen können, ob jemand die Wahrheit sagt."

Ich wollte der Anwältin nicht im Weg stehen, aber mein Bauchgefühl sagte mir, dass ich diese Informationen nicht einfach weitergeben konnte. Da mich schon zwei Geister kontaktiert hatten, könnten noch mehr auftauchen. Und wenn dem so wäre, war ich bereit.

„Also gut", sagte sie mit einem nachdenklichen Nicken. „Das besprechen wir, wenn wir hier fertig sind."

Mein Handy begann, „Work" von Rihanna zu spielen. „Ich muss ran. Da ist jemand vom *The Grind* ist dran."

Sie nickte und ging weiter ins Haus.

„Hey, was gibt's?", sagte ich ins Telefon.

„Pyper?" Bos Stimme war hoch und dringlich.

Ich hielt das Handy fester, mein ganzer Körper versteifte sich. Irgendwas stimmte nicht. „Was ist passiert?"

„Julius ist hier. Er war hier und dann –" Seine Stimme brach, und sein Atem stockte ein wenig.

„Bo? Alles wird gut. Bitte erzähl mir einfach, was passiert ist", sagte ich und war beeindruckt, dass ich es geschafft hatte, meine Stimme ruhig zu halten, obwohl ich in Panik geriet und mir das Blut bereits in den Ohren zu rauschen begann.

„Er … ist verschwunden."

Wir schwiegen beide, während ich versuchte zu verarbeiten, was mein Bruder gesagt hatte. Schließlich schluckte ich und fragte: „Was meinst du mit verschwunden? Wie gegangen, ohne dir zu sagen, wohin? Oder hat er sich in Luft aufgelöst wie Ida May?"

„Wie Ida May", flüsterte er.

Mir schwirrte der Kopf, und ich fragte mich kurz, ob ich eine Zeitreise zurück zu meiner ersten Begegnung mit Julius erlebt hatte. Er war ein Mann gewesen, der zwischen einem menschlichen und einem geisterhaften Zustand hin- und hergeflackert war. Aber eine Zeitreise konnte es nicht sein. Damals hatte ich noch nicht einmal was von Bo gewusst. Hatte der Zauber, der Julius in einen Menschen verwandelt hatte, seine Wirksamkeit verloren? Ich musste Bea anrufen. Ich musste nach Hause.

Ich musste meinen Verlobten finden, egal, in welcher Gestalt.

„Pyper?", fragte Bo. „Bist du noch dran?"

„Ja", presste ich heraus. „Ich gehe jetzt los. Bin in zehn Minuten da."

KAPITEL ACHT

„ $\mathcal{W}$ o hast du ihn zuletzt gesehen?", fragte ich, als ich ins Café platzte.

Obwohl ein Kunde vor Bo stand, kam er hinter der Theke hervor und umklammerte mich mit beiden Armen. „Geht's dir gut?"

Ich hielt ihn einen Moment lang fest, denn ich brauchte diese menschliche Verbindung, um mich zu stabilisieren. Doch sobald ich aufhörte zu zittern, schob ich ihn sanft zurück. „Das wird es, sobald wir Julius gefunden haben. Erzähl mir genau, was passiert ist."

Bo warf einen Blick über die Schulter zu Reagan, die reingekommen war, um den Kunden abzukassieren, den er stehengelassen hatte. „Ich bringe sie nach oben. Du hast das im Griff, oder?"

Im Café war nachmittags normalerweise relativ wenig los, und heute war keine Ausnahme. Jemand konnte den Kundenverkehr für ein oder zwei Stunden einigermaßen allein bewältigen. Ich mochte es allerdings nicht, jemanden allein arbeiten zu lassen, wenn wir es vermeiden konnten.

„Ich komm' schon klar. Geht nur", sagte sie, und ihre onyxfarbenen Augen strahlten Sorge aus. Sie wirkte blasser als sonst, als wäre sie erschüttert.

„Komm." Bo legte seine Hand um meinen Arm und führte mich nach hinten.

„Erzähl mir einfach, was passiert ist, Bo."

„Das werde ich, aber lass uns nach oben gehen."

Ich hatte keine andere Wahl, als ihm in unsere Wohnung zu folgen. Als ich durch die Tür trat, war ich kurz davor, vor Angst zu explodieren. „Okay, jetzt erzähl mir alles."

Julius ist wieder ein Geist! Ida May schwebte mitten im Zimmer, ihre Augen waren weit aufgerissen und ihre dunklen Locken krauser als sonst. Sie sah erschöpft und ein bisschen durchgedreht aus. Ida May sah immer gepflegt aus, und nichts machte ihr Angst.

Diese Version von ihr brachte mich aus dem Konzept. „Ida May? Hast du ihn gesehen?"

Sie schüttelte den Kopf, und Tränen traten ihr in die Augen.

„Oh Scheiße." Tränen brannten in meinen Augen, aber ich blinzelte sie weg. Zusammenzubrechen würde niemandem helfen.

„Ida May ist hier?", fragte Bo.

Ich nickte und sank in den Sessel; mein Kopf dröhnte. Das Geräusch von Hunden, die über das Parkett liefen, erregte meine Aufmerksamkeit, und ich beobachtete, wie Stella und Stanley ins Zimmer gerannt kamen. Doch anstatt uns anzuspringen, wie sie es sonst tat, ging Stella langsamer und legte sich dann auf das Parkett, während sie uns beobachtete, als wüsste sie, dass etwas Ernstes passiert war und jetzt nicht die Zeit zum Spielen war. Stanley folgte ihrem Beispiel und legte sich direkt neben sie.

Bo kniete sich vor mich und nahm meine Hand. „Ich habe Bea schon angerufen. Sie wird innerhalb einer Stunde hier sein."

„Okay. Gute Idee." Ich versuchte, ihn beruhigend anzulächeln, aber ich war mir sicher, dass es eher wie eine Grimasse rüberkam. „Was ist passiert?"

Ida May schwebte in die Mitte des Zimmers und bewegte sich ruckartig, während sie den Mund öffnete, schloss und dann wieder öffnete, offensichtlich unfähig, ihre Gedanken in Worte zu fassen.

„Lass Bo es erzählen", sagte ich zu Ida May und versuchte, nicht in Panik zu geraten. Ida May tat das schon genug für uns beide.

„Okay." Bo stand auf und fuhr sich mit der Hand durch sein dunkles Haar. „Reagan und ich waren ein bisschen beschäftigt, deshalb weiß ich nicht genau, wie es angefangen hat. Aber so viel weiß ich: Ich war gerade dabei, eine große Getränkebestellung für eine Kundin zu machen. Sie war keine Stammkundin, also kannte ich sie nicht. Aber sie hat viele Fragen über Ida May gestellt, zum Beispiel, ob wir wirklich einen Geist hätten und ob wir beweisen könnten, dass sie existiert. Ehrlich gesagt hat es mich langsam genervt, also habe ich Ida May gerufen und sie gebeten, der Frau auf die Schulter zu klopfen."

Ich stöhnte. Es war nicht ungewöhnlich, dass Touristen Beweise für Ida Mays Existenz wollten. Viele lasen den Artikel und machten sich dann darüber lustig oder bestanden darauf, dass es keine Geister gab. Normalerweise zuckte ich nur mit den Schultern und ließ sie glauben, was sie wollten. Bo auch. Wenn er so gereizt gewesen war, dass er Ida May gerufen hatte, musste ihm die Kundin ziemlich auf die Nerven gegangen sein. „Hat sie die Schlange aufgehalten?"

Bo nickte. „Das kannst du laut sagen. Sie wollte nicht aufgeben, und wir hatten eine Schlange bis vor die Tür. Ich schätze, da ist Julius aufgetaucht, denn in einem Moment waren nur Reagan und ich da und im nächsten auch er. Er hat das Kommando übernommen, sie von der Theke weggeführt und mit ihr über Geister gesprochen."

Ida May stieß ein Wimmern aus und schlang die Arme um sich.

Heilige Scheiße. Ida May war traumatisiert. Angst kroch über meine Haut, während ich versuchte, mir nicht das Schlimmste vorzustellen. „Was hat die Frau gemacht?"

„Sie hat einen Zauber gewirkt, der wie ein Blitzschlag ausgesehen hat. Er traf Ida May und dann Julius. Zuerst waren beide erstarrt, doch dann ist der Zauber durch Ida May geknistert, und sie war wie betäubt. Aber Julius ..." Bo holte tief Luft und wischte sich die Augen.

„Sag es mir einfach", flüsterte ich und drückte eine Hand auf mein Herz und die andere auf meinen Bauch.

„Er wurde zu einer weißen Lichtkugel, und als sie verblasst war, war er weg. Er hat sich in Luft aufgelöst, und die Frau auch."

Obwohl ich sicher gewesen war, dass die Geschichte schrecklich sein würde, trafen mich seine Worte trotzdem wie ein Schlag in die Magengrube. Julius war mit etwas Bösem verflucht worden, doch so, wie es sich anhörte, waren sie sich nicht sicher, ob er ein Geist war. Ida May war vielleicht immer noch von dem Zauber traumatisiert, der sie getroffen hatte. „Also hat die Hexe ihn verzaubert, und sie sind beide gleichzeitig verschwunden, habe ich das richtig verstanden?"

Bo nickte.

„Dann ist er wahrscheinlich da, wo sie auch ist", schlussfolgerte ich. „Das bedeutet, wir müssen sie irgendwie aufspüren. Ich werde Kane anrufen, damit die Bruderschaft ..."

Er ist ein Geist, Pyper, beharrte Ida May, als sie sich umdrehte, um mich anzusehen. Ihre Augen waren immer noch wild, aber diesmal waren sie voller Angst, nicht mehr verwirrt. *Ich habe ihn mit meinen eigenen Augen gesehen. Nachdem die Hexe verschwunden war, hat er direkt neben mir gestanden.*

Ich gab Bo weiter, was Ida May gesagt hatte, und fragte sie dann: „Hat er irgendwas gesagt?"

Ja. Er hat „Fuck!" gesagt. Dann ist er mit einem finsteren Gesichtsausdruck verschwunden.

Ich schloss die Augen und konzentrierte mich darauf, tief durchzuatmen. Als ich sie wieder öffnete, war Ida May verschwunden.

„Was ist, Pyper?", fragte Bo vorsichtig.

„Julius ist wieder ein Geist, und das alles, weil eine Frau ausgeflippt ist, weil Ida May im Café spukt", brachte ich mit brüchiger Stimme heraus. Und als die Tränen zu fließen begannen, sagte ich: „Wir brauchen Bea und Jade, um ihn zu beschwören."

„PYPER?" Bos Stimme drang durch den Nebel meiner Angst, und ich drehte mich zur Tür meines Schlafzimmers um.

„Sind sie hier?" Mein Ton war emotionslos. Nach meinem Gespräch mit Bo und Ida May war ich in mein Schlafzimmer geflüchtet und hatte mir erlaubt, richtig zu weinen. Aber als meine Tränen getrocknet waren, war alles in mir zu Stein geworden. Wir hatten keine Zeit zu verlieren, um aufgeregt zu sein. Je schneller wir Julius fanden, desto schneller konnten Bea und Jade uns helfen, diese Situation zu entwirren.

„Ja. Und Kane und Charlie auch." Er ging zum Bett und stellte eine Kaffeetasse aus dem Grind auf den Nachttisch. „Ich dachte, du könntest die gebrauchen."

Ich setzte mich auf und trank einen Schluck von dem Mokka-Latte, den er mir gebracht hatte. „Danke."

„Du klingst ... besser."

„Nur entschlossen." Ich stand auf. „Lass uns gehen."

Er zögerte einen Moment und öffnete den Mund, als wollte er etwas sagen, aber dann schloss er ihn wieder und schüttelte den Kopf.

„Was ist?", fragte ich.

Bevor er antworten konnte, klopfte es an der Tür und dann schwang sie auf. Jade stürzte herein und schlang ihre Arme um mich. „Wir werden das in Ordnung bringen. Versprochen."

Ich umarmte sie automatisch zurück. Und verdammt, die Tränen waren wieder da. Ich schloss die Augen und wünschte, sie würden verschwinden. Sie drückte fester, sodass ich fast nicht mehr atmen konnte. Aber das war mir egal. In diesem Moment verzichtete ich gern aufs Atmen, nur, um zu spüren, dass ihre Liebe mich einhüllte.

Ein weiteres starkes Paar Arme umarmte uns. Ich wusste, ohne hinzusehen, dass sie Kane gehörten. Er war hinter mir, während Jade mich von vorn umarmte.

„Mach dir keine Sorgen, Pypes", sagte er. „Er wird zurückkommen."

Ich wusste, dass er zurückkommen würde. Auf die eine oder andere Weise würde er den Weg zu mir zurückfinden. Die Frage war nur, ob in Menschen- oder Geistergestalt.

„Okay", sagte ich und ließ meine Arme von Jade los. „Lass los. Wir haben zu arbeiten."

Die Rouquettes ließen mich los und mit eiserner Entschlossenheit in meinem Innersten führte ich sie ins Wohnzimmer.

Die Erste, die ich sah, war Charlie. Sie saß auf dem Sofa und umklammerte die Hand von – war das Candy Rhines aus dieser übernatürlichen Show auf Showtime? Sie sah ihr mit ihrem dunklen, glatten Haar und den langen Beinen wirklich ähnlich.

„Charlie? Geht's dir gut?"

Sie hob den Kopf und ihre müden Augen fanden mich. „Jetzt geht's mir gut." Sie stand auf und kam zu mir herüber. Die Erschöpfung schien sich in ihren Knochen festgesetzt zu haben. Sie bewegte sich langsamer als sonst und war blass, als hätte sie seit Tagen nichts gegessen oder geschlafen. „Und du?"

„Mir ist es schon besser gegangen." Wir umarmten einander, keine von uns musste noch mehr sagen. Wir kannten uns schon lange und wussten ohne Zweifel, dass wir tun würden, was auch immer der andere brauchte.

Bevor ich losließ, flüsterte ich: „Ist die auf dem Sofa, die, für die ich sie halte?"

Sie zog sich zurück und lächelte mich schief an. „Ja. Sie ist den ganzen Weg von Kalifornien hierher geflogen, um mich aus dem Gefängnis zu holen."

„Candy hat dich rausgeholt?", fragte ich erstaunt. Und obwohl es auf den ersten Blick offensichtlich hätte sein sollen, dämmerte mir schließlich, dass die beiden ein Paar sein mussten. Heilige Scheiße! Ich wusste, dass sie sich kannten. Charlie hatte Candy einmal zu einer Weihnachtsfeier in Kanes Haus auf der ehemaligen Plantage südlich der Stadt mitgebracht, aber danach hatte ich nie wieder ein Wort von ihr gehört. War es möglich, dass sie die ganze Zeit zusammen gewesen waren und Charlie kein Wort gesagt hatte? Ja, so musste es sein. Obwohl Charlie über all die Frauen gescherzt hatte, mit denen sie ausging, hatte ich sie schon eine ganze Weile nicht mehr mit jemandem gesehen. Jetzt war mir klar, warum.

„Ich habe ihr gesagt, dass sie das nicht hätte tun sollen, aber du weißt ja, wie Schauspielerinnen sind." Sie lächelte Candy dankbar an. „Sie tun, was sie wollen."

Kane zuckte mit den Schultern. „Candy ist mir zuvorgekommen."

Ich nickte ihm zu und wandte meine Aufmerksamkeit wieder Charlie zu. „Hör zu, ich muss ein paar Spuren zu dem, was neulich bei Sam passiert ist, verfolgen. Aber zuerst muss ich …"

„Mach dir darüber jetzt keine Gedanken", sagte Charlie. „Tu, was du tun musst, um Julius zu finden. Sasha kümmert sich um meinen Fall."

Ich zögerte. „Aber was, wenn ich gebraucht werde?" Geister hatten über ihren Fall mit mir kommuniziert, und ich war die Einzige, die mit ihnen sprechen konnte.

„Darüber machen wir uns später Gedanken", sagte Charlie. „Erst musst du Julius finden."

Als ich seinen Namen hörte, kehrte die Panik zurück, und ich spürte den Verlust mit einer neuen Welle der Verzweiflung. Was, wenn er nicht gerettet werden konnte? Was, wenn er einfach weg war? Mein Atem wurde flach, und meine Sicht verschwamm.

„Pyper", sagte Kane und legte einen Arm um meine Schultern, um mich zu stützen. „Sieh mich an."

Ich gehorchte, und begegnete dem Blick aus seinen dunkelbraunen Augen.

„Tief durchatmen. Atme mit mir." Seine Stimme war entschlossen, als er meinen Blick festhielt. Dann holte er tief Luft, und ich machte automatisch mit. Es dauerte nur ein paar Augenblicke, bis ich meine Atmung wieder unter Kontrolle hatte.

Mein Gesicht wurde heiß vor Scham, als ich mich umsah und all die Menschen sah, die mich liebten. Ich war dabei, zusammenzubrechen, und Pyper Rayne brach nicht zusammen. Sie war die Ruhige, Coole, Besonnene. Abgesehen davon, dass ich vor ein paar Jahren von einem bösen Geist entführt worden war, hatte ich mich nie so hilflos oder verletzlich gefühlt. Was würde ich ohne Julius tun? Wir sollten in ein paar Wochen heiraten.

„Pyper, komm, setz dich hierher." Beas sanfte Südstaatenstimme drang zu mir durch. Ich gehorchte sofort. Die ältere Hexe trug ein dunkelgrünes Kostüm mit einer violetten Bluse, was sie ganz wie die kultivierte, konservative Lady aus New Orleans aussehen ließ, die sie immer gewesen war.

„Du siehst fantastisch aus, wie immer", sagte ich und lehnte mich an sie, als sie mich zu einer Umarmung an sich zog.

„Du auch", sagte sie und küsste mich auf den Kopf. „Aber genug der Nettigkeiten. Wir haben eine Beschwörung durchzuführen. Und je schneller wir das machen, desto besser. Bist du bereit?"

Ich setzte mich wieder auf und streckte meinen Rücken. „Wir machen es hier?"

Sie schüttelte den Kopf. „Nein. Unten im Café. Da ist er doch verschwunden, oder?"

Ich nickte. „Da hat die Hexe auch Ida May einen Schlag versetzt und sie ist seitdem vollkommen durch den Wind."

„Also gut. Hol was von Julius, etwas, das ihm viel bedeutet, und wir treffen uns unten in deinem Laden. Er ist jetzt geschlossen, oder?"

Ich warf einen Blick auf die Uhr. „Noch nicht, aber wir können abschließen."

„Gut. Dann lass uns loslegen." Sie stand auf und ging zur Tür. Jade und Kane waren direkt hinter ihr.

„Ich sage Reagan, dass wir schließen", sagte Jade. Genau genommen war sie eine Angestellte des Cafés, aber seit sie Juliet bekommen hatte, war sie beurlaubt.

„Hey!", rief ich ihr zu. „Wer passt auf das Baby auf?"

„Kat. Lucien ist auf dem Weg hierher, um zu sehen, ob er helfen kann."

„Gut. Das ist gut", sagte ich geistesabwesend und versuchte schon zu überlegen, was ich von Julius für den Suchzauber mitbringen sollte. Die drei verschwanden im Flur und ließen mich mit Bo, Charlie und Candy Rhines, dem Hollywoodstar zurück.

Ich verschwand in dem Schlafzimmer, das ich mit Julius teilte, und sah mich um. Julius war kein Sammler von Dingen. Oder zumindest nicht von den meisten Dingen. Und genau da in der Mitte seiner Kommode lag die Taschenuhr, die ich in einem Antiquitätenladen für ihn gekauft hatte. Es war derselbe Stil wie die, die er zu Lebzeiten in den Zwanzigern getragen hatte, und er liebte sie. Aber diese hier hatte aufgehört zu funktionieren, und ich hatte sie zur Reparatur bringen wollen. Sie war perfekt für den Beschwörungszauber.

Bo wartete an der Haustür auf mich, während Stella und Stanley über Charlie und Candy kletterten. Ich zog eine Augenbraue hoch. „Sie stören euch nicht?"

„Unsinn", sagte Charlie und legte schützend eine Hand auf Stella. „Stört es dich, wenn wir eine Weile hier bleiben? Auf der Bourbon Street ist ein Haufen Paparazzi unterwegs. Sie warten darauf, dass Candy sich zeigt."

„Oh, wirklich?", fragte ich erstaunt. New Orleans war normalerweise ein entspannter Ort, der wegen der vielen Dreharbeiten oft als Hollywood South bezeichnet wurde. Es war nicht ungewöhnlich, dass sich Prominente durch die Stadt bewegen konnten, ohne belästigt zu werden.

„Jemand hat gehört, dass sie mit einer Frau zusammen ist, der ein Mord vorgeworfen wird, und jetzt sind sie vollkommen durchgedreht", sagte Charlie und wich meinem Blick aus.

Candy seufzte. „Baby, ich habe dir doch gesagt, dass mir das scheißegal ist."

Ich mochte Candy sofort.

„Aber mir nicht", beharrte Charlie. „Ich kann nicht zulassen, dass meine Probleme dein Leben beeinträchtigen. Wir können uns später hinten rausschleichen, falls dir langweilig wird."

„Bleibt, so lange ihr wollt", sagte ich. „Oder, wisst ihr, über dem *Wicked* steht eine Wohnung leer. Die, die Jade früher gemietet hat. Sie ist sogar möbliert. Ihr könnt euch auch gern da verstecken, wenn alles zu viel wird." Denn ich war mir sicher, dass die Presse schon wusste, wo Charlie wohnte, und es würde kein Entkommen vor ihnen geben, wenn sie das Lager in ihrer Straße aufschlugen.

„Danke, Pyper. Wir sagen dir Bescheid", sagte Charlie.

Ich winkte ab. „Der Schlüssel ist in Kanes Büro im Club. Du weißt, wo du ihn findest."

„Das hört sich nach einer guten Idee an." Candy wandte mir ihre Aufmerksamkeit zu. „Danke. Und wenn du irgendwas von mir brauchst, sag es einfach."

Ich lächelte sie an. „Danke, Candy. Das Einzige, was ich im Moment will, ist mein Verlobter."

„Das verstehe ich. Ich hoffe, der Suchzauber funktioniert."

„Ich auch."

KAPITEL NEUN

„ *W* as macht das hier?", fragte ich und starrte auf einen Teller mit Ahornsirup-Eclairs, der in der Mitte eines Tisches stand. Kane, Jade und Bea bildeten bereits einen Kreis um den Tisch, während Bo hinten herumstöberte.

„Wir werden zuerst Ida May beschwören", erklärte Jade.

„Hast du versucht, sie zu rufen?", fragte ich. So brachte ich sie normalerweise dazu, ihr Gesicht zu zeigen, wenn ich mit ihr reden wollte.

„Ja. Nichts. Nicht einmal eine Spur von ihr." Jade konnte die Gefühle anderer spüren. Ihre Macht war so stark, dass sie auch die Emotionen von Geistern spüren konnte, obwohl sie sie normalerweise nicht sehen konnte. Das war meine Spezialität.

„Also, wir beschwören wir sie mit Eclairs?" Ich

runzelte die Stirn. „Sollten wir nicht Sterling finden oder so?" Sterling war ihr geisterhafter Freund. Wenn es irgendjemanden gab, der Ida May dazu bringen konnte, im Nullkommanichts aufzutauchen, dann er.

„Und wie sollen wir das machen?", fragte Jade. „Wir haben nichts, was ihn mit uns verbindet."

„Richtig." Er hatte sich bisher nur im Café gezeigt, wenn Ida May da gewesen war. „Aber Eclairs?"

„Und Schokotrüffel", fügte Bo hinzu, als er aus der Küche kam. „Wir müssen nur eine ihrer unangemessenen Dekorationen nachmachen; das sollte gut genug sein. Oder zumindest so gut, wie wir es hinbekommen können, das hat zumindest Bea gesagt." Er warf der älteren Hexe einen Blick zu, die zustimmend nickte.

„Zweige und Beeren", sagte ich. Das könnte funktionieren. Es war einer von Ida Mays Lieblingswitzen. Alle paar Wochen arrangierte unser Hausgeist die Eclairs und die Donutholes zusammen und nannte es dann das Zweig-und-Beeren-Special. Und das Lustige war, dass die Kunden, seit Ida May ihre freche Kreation vorgestellt hatte, nach der Kombination fragten, selbst wenn das Gebäck nicht phallisch arrangiert war. „Die Donutholes mit Schokotrüffeln zu ersetzen, ist eine interessante Wahl. Glaubst du, das wird eine Rolle spielen?"

Bea zuckte die Achseln. „Bo sagte, ihr habt keine Donutholes, also müssen wir uns damit begnügen. Wir werden es wohl einfach versuchen müssen."

Als Bo die Eclairs und die Trüffel so angeordnet hatte, dass sie der männlichen Anatomie ähnelten, schrieb er das Special an die Tafel und kam dann zu uns in den Kreis. „Fertig."

„Gut. Haltet euch an den Händen. Jade wird uns führen", sagte Bea.

Jade ergriff meine Hand, und im nächsten Moment sang sie den Beschwörungszauber und rief dabei speziell nach Ida May. Die Magie war stark. Ich konnte den Druck spüren, der über meine Haut kroch, was ungewöhnlich war. Jades Magie war leicht und luftig, es sei denn, sie kämpfte gegen einen dunklen Fluch …

„Warte!", rief ich. „Hör auf. Spürt ihr das?"

Bea zog ihre Hände von Bo und Kane und trat einen schnellen Schritt zurück. Ihr Gesicht war blass, und ihr Mund stand vor Überraschung offen.

„Was meinst du?", fragten Kane und Bo gleichzeitig.

„Hier drin liegt ein Fluch in der Luft", sagte Jade und kniff die Augen zusammen. „Schlimmer noch ist, dass Pyper es erst erwähnen musste, damit Bea und ich es gespürt haben."

Kane griff automatisch nach der Hand seiner Frau. „Geht's dir gut?"

„Ja, ja. Bin nur sauer." Jade zog ihre Hand aus der von Kane, ging in die Hocke und legte ihre Hand auf den Boden. „Es ist schwarze Magie."

„Du hast recht", sagte Bea und kniete sich neben Jade, um ihre eigene Hand direkt neben die ihrer ehemaligen

Schülerin zu legen. „Weiße Magie hinterlässt sauberere
Spuren."

„Also, was machen wir?", fragte Bo.

Ich wippte auf meinen Fersen zurück und
konzentrierte mich auf das phallische
Gebäckarrangement. Ein unangemessenes Lachen kroch
mir die Kehle empor. Es war so lächerlich. Und doch war
es so typisch Ida May, dass ich ein Kichern nicht
unterdrücken konnte.

„Pyper?", fragte Jade. „Was ist so lustig?"

Als ich meiner Freundin in die Augen sah, war der
ganze Humor weg. Ich runzelte die Stirn und biss mir auf
die Unterlippe. „Nichts. Gar nichts. Können wir einfach
mit dem weitermachen, was wir tun müssen? Oder
kommt das jetzt nicht mehr in Frage?" Ich ließ meinen
Blick durch den Laden schweifen und begegnete Beas.
Ich hatte nach Antworten gesucht, aber stattdessen sah
ich nur Mitgefühl. Das brach mich fast entzwei.

Ich riss meinen Blick los und konzentrierte mich
wieder auf Jade. Sie hatte mich zuvor mit
Samthandschuhen angefasst und war jetzt eine
angepisste Hexe, die es nicht schätzte, von schwarzer
Magie getäuscht zu werden.

„Hast du Salz? Kerzen?", fragte sie.

Ich nickte. „Sonst noch was?"

„Salbei. Wir müssen den Gestank aus dem Laden
vertreiben. Jetzt, wo ich weiß, dass die schwarze Magie
hier ist, wird mir übel davon." Jade drückte eine Hand auf

ihren bereits wieder flachen Bauch. Diese Frau hatte erst vor sechs Wochen ein Baby zur Welt gebracht. Es war ziemlich unfair, dass sie so offensichtlich im Handumdrehen ihre Figur zurückhaben würde.

Fast wie in Trance verschwand ich nach hinten, holte das Salz, die Notfallkerzen und das Bündel Salbei, das ich in der Schreibtischschublade aufbewahrte und das ich immer zu benutzen drohte, wenn Ida May zu weit aus der Reihe tanzte. Angst machte sich in meinem Bauch breit, als ich das Bündel anstarrte. Wenn Jade es benutzte, würde es Ida May dann für immer aus dem Laden verbannen?

„Ida May!", rief ich und umklammerte das Salbeikraut so fest, dass meine Finger tatsächlich zu krampfen begannen. Ich ignorierte den Schmerz und klammerte mich weiter daran. „Komm zurück, bevor Jade den Laden ausräuchert und du für immer ausgesperrt bist."

Das würdest du mir nicht antun!, rief Ida Mays unverkennbare Stimme. *Wie oft habe ich dir gesagt, dass dein Leben stinklangweilig wäre, wenn ich nicht da wäre, um dich zu unterhalten?*

„Öfter, als ich zählen kann. Und die Wahrheit ist, du hast recht. Jetzt komm mit. Bea muss dich sehen." Ich öffnete die Tür zum vorderen Teil des Cafés und winkte Ida May durch, obwohl Türen für sie kein Problem waren. Und ausnahmsweise bewegte sich der Geist ohne jede spitze Bemerkung auf die Tür zu. Ich hätte mich freuen sollen, aber es machte mir nur noch mehr Angst.

Was genau wusste sie über Julius' Aufenthaltsort? Und wenn sie etwas Schreckliches wusste, würde sie es mir sagen? Es war ungewiss, was sie tun würde.

Bevor wir uns wieder auf den Weg zum vorderen Teil des Cafés machten, wo Jade und Bea auf mich warteten, hielt ich inne. „Ida May?"

Der Geist blieb ruckartig stehen, ihre Haare standen ab, als hätte sie einen Stromschlag bekommen, aber immerhin war sie bei klarem Verstand. *Ja?*

„Weißt du, was mit Julius passiert ist?"

Mein Hausgeist hielt inne und starrte mich an. *Natürlich nicht. Wenn ich es wüsste, hätte ich ihn hierher zurückgeschleppt, egal, in welcher Verfassung er ist.*

„Okay. Aber wenn sich irgendwas ändert, will ich die Erste sein, die es erfährt, okay?"

Das versteht sich von selbst, Pyper, sagte mein Hausgeist mit einer Spur von Sarkasmus.

„Danke", sagte ich und wollte ihr sagen, wie sehr ich sie schätzte, aber Bea und Jade beobachteten mich und warteten auf meine Rückkehr. Sobald ich zu ihnen kam, nahm Jade sofort das Salz aus meinen Händen, während Bea die Kerzen nahm. Keine von beiden sagte etwas über das Salbeibündel.

Jade streute einen Salzkreis, während Bea die Kerzen drum herum aufstellte.

„Ida May ist hier", sagte ich. „Wir können keinen Salbei verwenden. Ich will nicht, dass sie vertrieben wird."

Jade sprang auf und sah sich um, als suchte sie nach dem Geist. „Ist sie hier? Bist du sicher?"

„Ja. Ich sehe sie direkt an." Sie schwebte über einem Tisch ganz in der Nähe und sah auf uns alle herab.

Bea runzelte die Stirn. „Das ist seltsam." Die beiden Hexen tauschten Blicke aus. „Ich kann ihre Anwesenheit nicht spüren."

„Ich auch nicht", stimmte Jade zu.

Also ich bin genau hier, wie immer, ein Geist, hier gefangen, und beobachte euch erbärmliche Menschen. Ich schwöre, ihr wüsstet nicht einmal, wie man Dampf ablässt, wenn man euch ein Dampfrohr in die –

„Ida May", unterbrach ich. „Jetzt ist nicht der richtige Zeitpunkt."

Sie verschränkte die Arme vor der Brust und runzelte die Stirn. *Hier ist nie der richtige Zeitpunkt.*

Ich unterdrückte den Drang, sie anzufahren. Offensichtlich stimmte auch mit ihr etwas nicht, wenn weder Jade noch Bea ihre Anwesenheit spüren konnten. Aber was?

„Ida May!", rief Jade. „Kannst du uns sagen, was passiert ist?"

Ja. Eine verrückte Schlampe hat mich mit etwas geschlagen, das sich wie ein Viehtreiber angefühlt hat, und das nächste, woran ich mich erinnere, ist, dass alles dunkel war. Ich hatte zwei Möglichkeiten – im Dunkeln bleiben oder zum Licht gehen.

Ich gab Jade ihre Nachricht weiter.

„Also bist du zum Licht gegangen?", fragte Jade.

„Nein, ist sie nicht", antwortete Bea für den Geist. „Wenn sie das getan hätte, wäre sie jetzt weg. Entweder im Reich der Engel, in der Leere oder an einem noch schlimmeren Ort."

Stimmt. Ich habe einfach die Augen zugemacht und gewartet.

Ich fungierte wieder einmal als Dolmetscher, obwohl mir ein kalter Schauer über den Rücken lief. Wo war Julius? War er in einem anderen Reich gelandet?

„Wir können nicht warten. Wir müssen unbedingt Julius rufen", sagte Bea. Ihr Ton war so scharf, dass ich vor Unbehagen eine Gänsehaut bekam. Sie machte sich Sorgen, und das ließ mir das Herz bis zum Hals schlagen.

„Gib mir den Salbei", sagte Jade und streckte ihre Hand aus.

Ich reichte ihn ihr, sah aber hin- und hergerissen zu Ida May. Wenn Jade den Salbei brauchte, um Julius zu finden, würde ich sie nicht davon abhalten, aber das hieß nicht, dass ich damit einverstanden war, Ida May auszutreiben. „Was ist mit unserem Lieblingsgeist?"

„Ida May, du musst den Laden für die nächsten paar Tage verlassen. Geh und spuke in Pypers Wohnung oder im Club. Wo auch immer du dich rumtreibst, wenn du nicht hier bist." Jade stand in der Mitte des Salzkreises, das Salbeibündel in einer Hand. Sie hatte die Kerzen schon magisch angezündet, und es würde nur eine

Handbewegung brauchen, um auch das Bündel in Brand zu setzen.

Wie unhöflich, schnaubte Ida May in einem mürrischen Ton, den ich noch nie von ihr gehört hatte. *Ich treibe mich nicht herum, weißt du? Ich unternehme was. Gott, und ich dachte, ihr Leute hättet bemerkt, dass ich nützlich bin.*

„Ida –"

Unser Geist schnippte mit den Fingern und verschwand ohne ein weiteres Wort.

„Sie ist weg. Und ..." Ich verstummte, nicht sicher, was ich sagen sollte.

„Und sie ist nicht sie selbst?", vermutete Bea.

„Ja. Normalerweise kann sie sich die dummen Bemerkungen nicht verkneifen, selbst wenn die Kacke am Dampfen ist. Aber diesmal ist sie wütend. Als ob sie ein Stück von sich selbst verloren hätte."

„Das kann gut sein", sagte Bea ernst. „Es wird einige Zeit dauern, bis ich herausfinde, ob sie es zurückbekommen kann. Der Zauber, der heute hier verwendet wurde, war besonders fies. Er wurde von jemandem ausgesprochen, der sehr geschickt war. So geschickt, dass weder Jade noch ich ihn erkannt haben."

„Er ist böse", sagte Jade. Sie saß jetzt in der Mitte des Kreises, beide Hände flach auf dem Fliesenboden. Sie beugte sich nach vorn und ließ ihre Finger über den Boden gleiten. Plötzlich spannte sie sich an und stieß ein Zischen aus. „Hier ist es am stärksten."

Bea griff nach dem Salbei, der neben Jade lag, und legte ihn in Jades Hand. Jades Finger schlossen sich um das Bündel, während sie sich aufrichtete und den Kopf in den Nacken legte, sodass ihre Augen an die Decke gerichtet waren. Wortlos griff Bea nach einer der Kerzen, die noch nicht angezündet waren, und schwenkte eine Hand darüber, bis eine magische Flamme flackerte, und zündete dann den Salbei an.

Sofort erfüllte der moosige Geruch das Café. Der berauschende Duft vertrieb den schwachen Brandgeruch der schwarzen Magie, von der ich nicht einmal richtig gewusst hatte, dass sie da war. Jade hatte recht. Die Hexe war sehr subtil vorgegangen. Das war an sich schon beunruhigend, aber es warf auch die Frage auf, was die Hexe von Julius wollte. War er bei der Arbeit in etwas verwickelt worden, wodurch er ins Fadenkreuz von jemandem geraten war? Ich wusste es nicht. Mit Jade und Kane, die ihr Baby bekommen hatten, den Feiertagen und der Hochzeitsplanung, hatte ich nicht viel mit Julius über seine Recherchen gesprochen. Ich wusste nicht einmal, worum es bei den Recherchen gehen sollte.

„Kommt um den Kreis und haltet euch an den Händen", sagte Jade.

Kane legte seine warmen Hände auf meine Schultern und führte mich zurück an meinen Platz. „Sie hat das im Griff. Das weißt du doch, Pypes, oder?"

Ich wusste es nicht. Niemand wusste es. Aber ich nickte trotzdem, weil er nur versuchte, mich zu beruhigen, und das war genau das, was ich in diesem Moment am meisten brauchte.

„Hier." Er streckte eine Hand zu mir und eine nach Bea aus.

Ich nahm seine Hand und drückte sie so fest, dass ich ihn tatsächlich ein wenig zusammenzucken spürte. Aber er beschwerte sich nicht. So ein Freund war er. Ich lächelte ihn dankbar an. Er zuckte mit den Schultern und warf mir diesen Blick zu, den er immer hat, wenn er sich voll und ganz auf etwas einlässt. Er würde alles für die Menschen tun, die er liebt. Und ich bin zufällig einer von denen in seinem engsten Kreis.

„Gib mir deine Hand, Pyper", sagte Bo von meiner anderen Seite.

Ich streckte sie ihm entgegen, und als sich die Finger meines Bruders um meine schlossen, fühlte ich, wie mich Liebe von beiden Seiten einhüllte. Ich ließ meinen Blick durch den Kreis schweifen, um mich zu versichern, dass wir vier verbunden waren, räusperte mich und sagte: „Lasst es uns tun."

Jade, die ihre Schuhe ausgezogen hatte, stand genau dort, wo sie den Ursprung der schwarzen Magie gespürt hatte. Sechs Kerzen brannten knapp innerhalb des Salzkreises und erhellten sie mit sanftem Licht. Doch anstatt hübsch auszusehen, wie die hinreißende rotblonde Hexe, die sie normalerweise war, war jeder Muskel in ihr angespannt, als wäre sie bereit, in einen Ring zu steigen und zu kämpfen.

Ich wollte in meiner Tasche nach meinem Dolch suchen. Aber ich wusste, dass er nicht da war. Ich hatte ihn auf meiner Kommode liegen lassen, als ich vorhin ein Nickerchen gemacht hatte. Es war ein dummer Ort dafür, wenn man bedachte, dass wir es mit dunklen Mächten zu tun hatten. Doch jetzt war es zu spät, ihn zu holen. Jade hatte schon angefangen, und den Kreis zu brechen war keine Option. Nicht, wenn schwarze Magie im Spiel war. Man konnte nicht vorhersagen, was passieren würde, wenn man sie nicht unter Kontrolle hielt. Schwarze Magie war unberechenbar und gefährlich. Wenn sie in die falschen Hände fiel … Scheiße. War das passiert? Vielleicht.

Jade hob die Hände über ihren Kopf, als der Salbeirauch anfing, dicker zu werden. „Göttin der Erde", sagte sie und starrte an die Decke. „Reinige diesen Raum von dem Bösen, das hier wohnt." Der Salbei lag in einer Schale und brannte, während der Rauch plötzlich die coolsten Formen bildete. Von Schmetterlingen bis zu Schildkröten verwandelte sich der Rauch immer wieder in niedliche Tiere, die im Kreis herum tanzten. Ich wusste, dass Jades mächtige Magie die treibende Kraft hinter den Bildern war, aber ich war bereit zu wetten, dass die Göttin, die sie angerufen hatte, auch einen Teil der Arbeit erledigte.

Obwohl keiner von uns die Erdgöttin sehen konnte, bestand kein Zweifel daran, dass sie hier war. Es hatte eine bedrohliche Stimmung im Raum geherrscht, doch mit dem Erscheinen der Rauchtiere floss eine belebende Energie über meine Haut. Es war dieselbe Energie, die ich fühlte, wenn ich durch die verschiedenen Parks der Stadt ging.

„Das ist es", flüsterte Jade mit geschlossenen Augen. Funken von Magie glitzerten auf ihrer Haut, erhellten sie und ließen sie aussehen, als würde sie glühen. „Nimm alles." Sie runzelte konzentriert die Stirn. „Ja. Jetzt!"

Sie ließ ihre Hände wieder auf die Fliesen fallen, und alle Magie, die an ihr hing, schoss von ihr auf die Stelle zwischen ihren Handflächen. Die Fliese brach in zwei Teile, und schwarzer Rauch schoss unter dem Boden hervor. Ihre Magie griff den schwarzen Magierauch an und hüllte ihn ein. Dann wurde Jades Magie plötzlich heller, und die Kugel aus Magie explodierte direkt vor ihr.

Wir sprangen instinktiv zurück. Aber Jade blieb vollkommen ruhig, ein sanftes Lächeln umspielte ihre Lippen. Ein feines schwarzes Pulver bedeckte den gesamten inneren Kreis und Jade selbst. Aber es hatte keine Energie mehr und sah eher wie Staub aus.

„Jade", sagte Bea zögernd. „Geht's dir gut?"

Kane wartete nicht auf ihre Antwort. Er schoss in den Kreis, packte sie an den Schultern und zog sie hoch, damit er sie ansehen konnte. „Bist du verletzt?"

Sie schlang ihre Arme um Kane und lächelte ihn an. „Überhaupt nicht. Die Erdgöttin war hier. Sie hat mir gesagt, dass unser Mädchen zu einer mitfühlenden Hexe heranwachsen wird, die Großes für New Orleans leisten wird."

„Natürlich wird sie das. Sie wird genau wie ihre Mama sein." Er beugte sich vor und gab ihr einen zärtlichen Kuss auf die Lippen.

Ich stand da, wie erstarrt, beobachtete die zärtliche Szene und flippte innerlich aus. Das war genau das, was ich haben sollte. Einen liebevollen Ehemann und ein Kind, das Teil der nächsten Generation der paranormalen Gemeinschaft von New Orleans sein würde. Da Julius ein Hexenmeister und ich ein Medium war, war es wahrscheinlich, dass unsere Kinder paranormale Fähigkeiten haben würden. Ich hatte mir ihn oder sie immer als Juliets besten Freund vorgestellt, so wie ich mich selbst als Jades sah. Aber wenn Julius nicht zurückkommen würde … Ich schüttelte den Kopf und versuchte, den Gedanken zu vertreiben. Wir würden in ein paar Wochen heiraten, und ich würde alles in meiner Macht Stehende tun, um dafür zu sorgen, dass das passierte. Auf die eine oder andere Weise würde Julius an diesem Altar auf mich warten.

„Pyper."

Ich blickte auf und sah, dass Jade mir ihre Hand entgegenstreckte. Kane hatte sich an seinen Platz außerhalb des Salzkreises zurückgezogen.

„Komm her. Es ist Zeit, Julius zu finden", sagte sie, und ihre grünen Augen funkelten vor Entschlossenheit.

„Ich habe seine Taschenuhr mitgebracht", sagte ich und zog sie aus meiner Tasche.

„Das ist gut, aber ich glaube, du bist die Verbindung, die wir brauchen."

Bea nickte zustimmend. „Sie hat recht. Wenn du verloren wärst, würde dich deine Verbindung zu Julius nicht nach Hause führen?"

Götter. Sie würden mich zum Weinen bringen. Ich blinzelte die Tränen weg und schluckte, als ich in den Salzkreis trat. Der schwarze Staub war immer noch da, aber ich konnte nicht einmal eine Spur der schwarzen Magie spüren, die vorher dort gewesen war. Jade und die Erdgöttin hatten sich mit einem beeindruckenden Resultat darum gekümmert. „Ja."

„Okay, dann lass uns ihn suchen." Sie zog mich an die Stelle, wo der schwarze Zauber gewirkt worden war. „Setz dich hierhin."

Ich ließ mich auf den Boden sinken, vor Angst zog sich mein Bauch zusammen. Was, wenn das nicht funktionierte? Was sollte ich dann tun?

„Heb deine Arme", sagte sie.

Ich gehorchte, und im nächsten Moment ergriff Jade meine Hände und hielt sie fest.

„Stell ihn dir vor." Magie pulsierte über ihre Hände und in meine und ließ sie prickeln.

Eine Vision von Julius in seinen engen Jeans und seinem weißen T-Shirt tauchte in meinem Kopf auf. Er hatte Bartstoppeln, als hätte er sich am Morgen nicht rasiert, was ihn zum schönsten Mann machte, den ich je gesehen hatte.

„Gut. Das ist gut", sagte sie.

Ich war mir nicht sicher, woher sie wusste, dass ich ihn vor mir sah, aber ich nahm an, es lag daran, dass sich meine Energie veränderte. Händchenhalten in der Mitte eines Salzkreises bedeutete so ziemlich, dass sie Zugang zu jeder Emotion hatte, die durch mich strömte. Aber es machte mir nichts aus. Die beiden Menschen, denen ich in diesem Leben außer Julius am meisten vertraute, waren Jade und Kane.

„Von Nord nach Süd und von Ost nach West, wir rufen Julius Jackson, damit er zu uns zurückkehrt, von wo auch immer er gerade ist." Magie funkelte und knisterte überall um uns herum. Die Kerzen flackerten durch Jades Energie, genährt von Beas, Bos und Kanes.

Ich sah alles geschehen, aber das Einzige, worauf ich mich konzentrieren konnte, war die Wärme, die sich in meiner Brust aufbaute. Es war die Wärme, die ich immer fühlte, wenn Julius in der Nähe war. Er war hier. Ich wusste es. Ich konnte ihn nur noch nicht sehen. Ich hielt Jades Hände fester, doch dann begann sich die Wärme in meiner Brust in meinem ganzen Körper auszubreiten. Ich musste nach ihm greifen. Ihn zu mir zurückziehen.

Ich ließ Jades Hände los, stand auf und breitete meine Arme aus, während ich darauf wartete, dass der Mann, der mein Herz gestohlen hatte, zu mir zurückkehrte.

Ein Knall, so laut wie Donner, krachte durch das Café

und ließ die Regale und Tische erzittern. Ich ignorierte alles. Der ganze Laden könnte in Schutt und Asche gelegt werden, und es wäre mir egal, solange es eine Chance gab, Julius zu finden. Ich stellte mir sein lächelndes Gesicht vor, seine wunderschönen dunkelgrünen Augen und sein welliges Haar, durch das ich so gerne mit meinen Fingern fuhr. Es gab nichts an ihm, das ich nicht liebte. Er war der Mann, der meinen Bruder herzlich aufgenommen hatte. Der eingewilligt hatte, eine Familie zu gründen. Der nach einem Jahrhunderte währenden Fluch wieder zum Leben erwacht war, um bei mir zu sein. Ich gehörte zu ihm, und er gehörte zu mir.

Er musste zurückkehren. Es gab keinen anderen möglichen Ausgang.

„Von Ost nach West und von Nord nach Süd", rief Jade durch den donnernden Lärm, „fordern wir die Rückkehr von Julius Jackson, einem guten Mann, einem zukünftigen Ehemann und einem mächtigen Hexenmeister des Hexenzirkels von New Orleans!"

Alle Lichter gingen aus, und die Kerzen erloschen, und wir blieben in völliger Dunkelheit zurück.

Alles war still. Ich konnte nicht einmal jemanden atmen hören. Es war, als ob die Zeit stillstand und niemand außer mir existierte. Ich blinzelte und versuchte, die Umrisse meiner Freunde zu erkennen.

Ich sah nichts. Ich war allein im Café. Nichts existierte. Vor mir war nur Dunkelheit.

Das warme Gefühl in meiner Brust begann zu

verschwinden, fast so, als würde es aus mir herausgesaugt, und ich stieß einen Seufzer aus und schlang die Arme um mich, als wollte ich verhindern, dass es verschwand. Aber es ließ sich nicht aufhalten. Die Wärme verschwand so schnell, wie sie gekommen war, und gerade, als ich spürte, wie die letzten Spuren des Gefühls meinen Körper verließen, war da plötzlich der harte Körper und der Geruch eines sehr vertrauten Mannes, der mich in seine Arme schloss.

„Pyper", flüsterte Julius und schmiegte sein Gesicht an meinen Hals.

„Julius?", schluchzte ich, während ich die Arme um ihn schlang und mich festhielt, als hinge mein Leben davon ab. „Du bist hier?"

„Ich bin hier, Baby." Er zitterte, und seine Stimme stockte, aber er war aus echtem Fleisch und Blut, und er war zurück. Jade hatte ein Wunder vollbracht und ihn zu mir nach Hause geholt. Das war alles, was mich interessierte.

„Den Göttern sei Dank", sagte ich und küsste seinen Hals, sein Kinn, seine Lippen, und ich verteilte Küsse über sein ganzes Gesicht, bis er seine Hände an meine Wangen hob, mich sanft aufhielt und mir in die Augen sah.

„Pyper", flüsterte er. „Hör auf. Wir müssen reden."

„Wir reden später", sagte ich und strich mit meinen Lippen über seine, unfähig, auch nur einen Moment länger zu warten.

Er stöhnte auf und zog sich wieder zurück. „Hör zu, Liebes. Es gibt Dinge, die ich sagen muss, bevor es zu spät ist."

„Was meinst du mit zu spät?", fragte ich, obwohl ich die Antwort nicht wirklich hören wollte.

„Es ist Sam. Ihr Geist ist hier und ich –" er schluckte. „Ich glaube, ich bin an sie gefesselt."

Ich drückte eine Hand an seine Wange und sah ihm in die Augen. „Was bedeutet das?"

Er sah auf, sah Jade und dann Bea an. Als er seine Aufmerksamkeit wieder auf mich richtete, strahlten Traurigkeit und Verzweiflung zurück. „Es bedeutet, dass ich glaube, dass der Zauber, mit dem ich heute belegt wurde, den Zauber zerstört hat, den Bea gewirkt hat, um mich wieder zu einem Menschen zu machen."

„Du bist ein Mensch!", rief ich und ließ meine Hände über seine harte Brust zu seinen Hüften und wieder hinauf zu seinem Gesicht wandern. „Du bist solide. Du stehst genau hier vor mir. Wir ... Jade hat dich zurückgebracht. Der Fluch, der heute ausgesprochen wurde, ist aufgehoben."

Er blickte auf den Boden, und als er schließlich wieder zu mir aufsah, sagte er: „Tut mir leid, Pyper. Ich muss gehen. Aber ich komme wieder."

Bevor ich noch ein Wort sagen konnte, wurde sein Körper kalt, und er verschwand wieder im Äther.

KAPITEL ZEHN

*I*ch wollte nicht gehen. Ich konnte nicht. Es war eine Stunde später, und ich saß immer noch an derselben Stelle, an der Julius mich festgehalten hatte, bevor er bestätigt hatte, dass er wieder ein Geist war. Oder irgendwas zwischen Mensch und Geist.

„Pyper, Sweetie, komm'. Wir bringen dich hoch in deine Wohnung", sagte Jade.

„Was, wenn er zurückkommt?", fragte ich sie. Etwas in mir war zerbrochen, und ich war überzeugt, dass Julius zu mir zurückkommen würde, wenn ich genau dort bliebe. Er hatte gesagt, er würde zurückkommen, oder nicht?

„Er wird dich oben finden, Pypes." Kane legte seine Arme um mich und zog mich vorsichtig auf die Füße. „Komm'. Bea und Jade werden nicht aufgeben, bis wir ihn zurückhaben. Das weißt du. Und du wirst ihn wiedersehen. Das verspreche ich."

Sicher. Ich würde ihn sehen, aber würde ich ihn in den Armen halten? Würden wir an Silvester heiraten? Würden wir jemals das Kind bekommen, das wir uns beide so sehr wünschten? Der Schock hatte mich unfähig gemacht, diese Fragen zu verarbeiten, geschweige denn, Antworten darauf zu finden. Niedergeschlagen ließ ich mich von meiner besten Freundin die Treppe hinauf zu der Wohnung führen, die ich mit Julius und meinem Bruder teilte.

Die Wohnung war still. Zu still. Charlie hatte eine Nachricht hinterlassen, dass sie und Candy tatsächlich beschlossen hatten, die leerstehende Wohnung zu nutzen. Das einzige Geräusch war das leise Getrappel von Stellas Pfoten auf dem Parkettboden.

„Wo ist dein neuer Freund, Stella?", fragte ich, als ich sie hochhob.

Schläft in Bos Zimmer. Ida May erschien in Bos Tür.

„Das ist gut."

„Was ist gut, Sweetie?", fragte mich Jade.

„Hm?" Ich warf ihr einen Blick über die Schulter zu und war überrascht, dass sie noch da war. „Oh, ich habe mit Ida May gesprochen. Musst du nicht nach Hause zu Juliet?"

Sie nickte. „Aber Kane wird hier bleiben."

„Oh nein", sagte ich und schüttelte den Kopf. „Ihr geht beide und verbringt Zeit mit eurem Baby. Mir geht's gut

… oder zumindest wird es mir bald wieder gut gehen." Ich lächelte sie schwach an, was wahrscheinlich eher wie eine Grimasse aussah. „Ich muss nur ein bisschen schlafen. Morgen werden wir überlegen, wie es weitergeht." Ich war geschockt, dass ich so vernünftig und zumindest einigermaßen okay klang. Denn so war mir ganz und gar nicht zumute. Nicht einmal annähernd. Aber in diesem Moment wollte ich mich nur in mein Bett verkriechen und mich gehen lassen. Das konnte ich nicht, wenn meine Freunde ständig um mich herumschwirrten und sich Sorgen um mich machten.

„Ich werde ein Auge auf sie haben", sagte Bo leise.

Als sie sich beide umdrehten und ihn ansahen, formte ich mit den Lippen ein lautloses „Danke".

Bo und ich waren uns in vielerlei Hinsicht sehr ähnlich. Wir waren es gewohnt, für uns selbst zu sorgen, also war es keine Überraschung, dass er besser verstand, was ich brauchte, als die beiden Menschen, die meine besten Freunde waren.

„Also gut", sagte Jade. „Aber wir kommen zum Frühstück wieder."

Ich nickte, da ich wusste, dass ich es ihr nicht ausreden konnte. Das war in Ordnung. Ich hoffte nur, dass ich am Morgen bereit sein würde, mich dem zu stellen, was als Nächstes kommen würde.

Bea kam herüber und umarmte mich. „Ich werde heute Abend ein bisschen über den Zauber recherchieren, den Jade heute gebrochen hat. Lass mich sehen, ob ich was Nützliches finden kann, und wenn wir uns morgen treffen, haben wir hoffentlich einen Plan."

Ich drückte sie an mich und sagte: „Danke." Ich konnte kaum die gefasste Fassade aufrechterhalten und wusste, wenn ich mehr zu sagen versuchte, würde wahrscheinlich nur ein Schluchzen herauskommen.

Jade und Kane verabschiedeten sich mit Umarmungen, und als sie die Wohnung verließen, wurde ich zu einem Zombie und schleppte mich in mein Schlafzimmer. Nachdem ich mich ausgezogen hatte, zog ich eines von Julius' T-Shirts an und kroch auf seiner Seite ins Bett. Sein Duft hing an seinem Kissen und hüllte mich ein. Ich umarmte es und ließ meinen Tränen freien Lauf.

Die Tür ging quietschend auf, und ich hörte die Schritte meines Bruders, aber er sagte nichts. Stattdessen stellte er eine Tasse, von der ich annahm, dass es Tee war, auf den Nachttisch, hob Stella vom Boden auf und setzte sie neben mich, dann küsste er mich auf den Kopf und ging wieder.

Mein Herz schnürte sich vor Liebe zu ihm zusammen. Wie er es schaffte, so viel zu ertragen, obwohl er erst ein Teenager war, würde ich nie verstehen. Aber diese Bindung, die wir hatten, war gerade noch ein wenig stärker geworden.

Stella kroch im Bett nach oben und ließ sich direkt neben mir nieder. Ihr kleiner Körper bot mir den Trost, den ich mir nicht bei meinen Freunden holen wollte. Ich schlang meinen Arm um sie, kuschelte mich in ihr weiches Fell und schloss die Augen, um das Bild von Julius zu verdrängen, der direkt vor meinen Augen verschwand … schon wieder.

ALS ICH MITTEN IN der Nacht erwachte, waren starke Arme um mich geschlungen. Lächelnd drückte ich meinen Körper dichter an Julius und verschränkte meine Finger mit seinen.

„Du bist wach", flüsterte er.

„Nicht wirklich. Es war Zeit, dass du nach Hause kommst", sagte ich schläfrig. „Ich habe gewartet."

„Ich weiß, Liebes. Ich bin jetzt hier." Er drückte mir einen zärtlichen Kuss auf die Wange und hielt mich fester.

Aber wie lange wirst du bleiben? Die Worte lagen auf meinen Lippen. Ich hätte sie fast ausgesprochen, sagte aber nichts. Ich wollte nur daliegen und so tun, als würde er nirgendwohin gehen.

Julius verteilte Küsse meinen Hals hinunter und über meine Schulter. „Ich habe dich vermisst."

„Ich dich auch." Ich kniff die Augen zusammen und strich mit den Fingerspitzen über seinen Handrücken. „Willst du mir sagen, wo du genau warst?"

„Ja, aber ich …" Er stützte sich auf seinen Ellbogen

und drückte seine warmen Lippen auf meine. Der Kuss war erst süß und zärtlich. Fast bedauernd.

Doch dann glitt seine Zunge in meinen Mund, und ich drehte mich zu ihm um, mein Mund fordernd und drängend. Er erwiderte meine Intensität, und es dauerte nicht lange, bis wir schwer atmeten. Mein Kopf war leer. Ich wollte ihn nur spüren, Haut an Haut, unsere Körper eins, wie immer, wenn wir mitten in der Nacht aufwachten.

„Pyper", keuchte er, als er sich zurückzog, Sorge in seinen dunkelgrünen Augen. „Wir müssen reden."

„Nein", sagte ich und schüttelte den Kopf. „Ich brauche dich. Wir können später reden."

Die Qual in seinem Blick ließ mein Herz schmerzen, und ich schmiegte mein Gesicht an seine Brust.

Ich klammerte mich an sein Hemd und flüsterte: „Bitte sag mir, dass alles, was passiert ist, ein Traum war. Dass du hier bist und nicht wieder in diesem Zwischenzustand. Dass du immer noch an meiner Seite sein wirst, wenn ich morgen früh aufwache."

„Ich wünschte, ich könnte, Sweetheart." Er vergrub seine Finger in meinem Haar und hielt mich fest. „Aber wir wissen beide, dass das nicht wahr wäre."

„Was ist passiert?", fragte ich. „Was hast du gemeint, als du gesagt hast, du glaubst, du wärst an Sam gebunden?"

Er stieß einen schweren Seufzer aus. „Sie war da, als der Zauber im Café losgegangen ist."

„Du meinst, ihr Geist war da?", fragte ich und sah zu ihm auf.

„Das denke ich zumindest, denn sobald ich nicht mehr menschlich war, hat sie auf mich gewartet und verlangt, dass ich ihr helfe, herauszufinden, was passiert ist. Aber sie ist nicht kohärent. Du weißt, wie neue Geister normalerweise sind. Es fällt mir schwer, bei allem, was sie sagt, Wahrheit von Fantasie zu unterscheiden."

„Okay, aber sie ist ein Geist. Sie kann dich nicht verzaubert haben. Außerdem wollten wir herausfinden, was vor diesem Zauber mit ihr passiert ist. Es ergibt keinen Sinn, warum du an sie gebunden bist."

„Doch, wenn man bedenkt, dass sie einen Teil des Zaubers absorbiert hat. Jade hat getan, was sie konnte, um ihn aufzulösen, als sie mich zurückgerufen hat, aber es gibt immer noch Spuren, und es wird sie weiter geben, bis wir herausfinden, wie wir auch Sam befreien können. Bis dahin hänge ich in dieser Zwischenwelt an ihr fest."

Ich blinzelte zu ihm auf. „Ist sie gerade hier bei uns? Soll ich versuchen, sie zu kontaktieren?"

Er schüttelte den Kopf. „Nein. Dank Jade habe ich genug freien Willen, immer zu dir zurückzukommen. Ich kann nur nicht immer da sein. Nicht, solange der Zauber mich mit ihr verbindet."

Ich setzte mich im Bett auf und starrte auf ihn hinunter. „Du willst also sagen, wenn wir ihren Mord aufklären und sie von dem Fluch befreien können, kannst du dann für immer nach Hause kommen?"

Er folgte meinem Beispiel und setzte sich ebenfalls auf. „Das glaube ich, ja."

Hoffnung explodierte in meiner Brust, und zum ersten Mal, seit ich gehört hatte, dass Julius verzaubert worden war, lächelte ich. „Jade und ich sind zufällig ziemlich gut darin geworden, paranormale Verbrechen aufzuklären. Mach dir keine Sorgen. Wir werden das in kürzester Zeit klären. Dann wird Charlies Name reingewaschen sein und du wieder hier sein, wo du hingehörst."

„Das hoffe ich", sagte er und klang müde. „Ich werde weiter versuchen, Informationen aus Sam herauszubekommen. Aber jetzt lass mich dich einfach festhalten." Er rutschte zurück aufs Bett und streckte die Arme aus, während er darauf wartete, dass ich mich an ihn kuschelte.

Fest entschlossen, mich gleich am nächsten Morgen an die Arbeit zu machen, legte ich meinen Kopf auf seine Brust und einen Arm um ihn. Seine starken Arme schlossen sich um mich, und nachdem Stella sich an seine andere Seite gekuschelt hatte, fiel ich in einen tiefen Schlaf.

Als ich am nächsten Morgen aufwachte, kuschelte ich Stella, und Julius war verschwunden.

KAPITEL ELF

„Wir müssen den Mord an Sam aufklären. Sobald wir das geschafft haben, kann Julius nach Hause kommen", erklärte ich meinen Freunden etwa eine Minute, nachdem sie meine Wohnung betreten hatten.

„Whoa", sagte Jade und ließ sich auf das Sofa fallen. Sie hatte Juliet in eine rosa Decke gewickelt und hielt sie an ihre Brust gedrückt. „Immer langsam. Ich habe Fragen. Sams Geist ist mit schwarzer Magie beschmutzt? Warum rufen wir sie nicht einfach herbei und führen eine Reinigung durch?"

Bea, die in meinem Wohnzimmer auf und ab ging, schüttelte den Kopf. „Das wird nicht funktionieren. Wenn wir versuchen, den Zauber mit Salbei aus ihr herauszuholen, besteht die große Wahrscheinlichkeit, dass wir sie stattdessen verbannen, und das können wir nicht machen. Außerdem vermute ich, dass es nicht nur der Fluch ist. Sam sieht Julius wahrscheinlich als ihren Weg zurück unter die Lebenden. Sie wird ihn nicht so einfach loslassen. Am besten ist es, herauszufinden, wer den Zauber überhaupt gesprochen hat, und diejenige dann zu zwingen, ihn zu neutralisieren. Das ist der sicherste Weg."

Ugh. Ich war bereit, Jades Vorschlag zu akzeptieren, Sam zu beschwören und den Fluch zu brechen. Aber Bea hatte recht. Wenn es nicht nach Plan lief, könnten wir Julius endgültig in seinen Zwischenzustand verdammen und ihn vielleicht auch verbannen. Ich schüttelte heftig den Kopf, da ich mir meine Welt ohne Julius nicht vorstellen konnte. Nein, wir würden es auf Beas Art machen.

„Also gut", sagte ich. „Zuerst brauchen wir Charlie. Sie hat mein Notizbuch mit den Namen der anderen Leute, die in der Nacht, in der Sam gestorben ist, in ihrem Haus waren." Ich schnappte mir meine Schlüssel und ging zur Tür.

„Wohin gehst du?", fragte Jade.

„In deine alte Wohnung. Charlie und Candy sind da untergeschlüpft, bis sich die Presse beruhigt hat."

„Es ist sieben Uhr morgens", keuchte Jade. „Der einzige Grund, warum Bea und ich so früh hier sind, ist, dass wir wissen, dass du auch an deinen freien Tagen vor dem Morgengrauen aufstehst. Wir wollten nicht, dass du irgendwas tust, das du später bereuen wirst."

„Du meinst, meinen Verlobten versehentlich in die andere Welt zu verbannen?", fragte ich bitter.

„Sowas in der Art." Jade schmunzelte. „Bist du sicher, dass du so früh zu Charlie gehen willst?"

„Ich bin sicher", sagte ich und konnte es kaum erwarten, aus der Wohnung zu kommen. Ich hielt mich jedoch zurück, weil Jade und Bea mich ansahen, als hätte ich den Verstand verloren. Verdammt, vielleicht hatte ich das auch. Aber in ein paar Wochen würde meine Hochzeit stattfinden, und das Letzte, was ich tun wollte, war, in letzter Minute nach dem Bräutigam zu suchen. „Ich brauche dieses Buch, wenn wir anfangen wollen, Sams Tod zu untersuchen. Und ich denke, wir sind uns alle einig, dass wir nicht glauben, dass Charlie dieses Verbrechen begangen hat. Nicht wahr?"

„Natürlich", sagte Jade.

„Charlie hat das definitiv nicht getan", fügte Bea hinzu, als hätte sie Insiderwissen. Ich wusste, dass sie keine der tatsächlichen Einzelheiten darüber kannte, was in der Nacht von Sams Tod passiert war, aber Bea wusste andere Dinge. Sie hatte die Gabe, Menschen zu lesen. Hoffentlich würde uns diese besondere Gabe nützlich sein, während wir Sams Bekannte aufspürten. Falls nicht, hatte Jade ihre Geheimwaffe, Emotionen zu lesen. Sie konnte Schuldgefühle meilenweit riechen. Okay, vielleicht nicht meilenweit, aber sie wusste es, wenn sie sie spürte.

„Perfekt. Dann müssen wir uns durch die Leute arbeiten, die dort waren, bis wir einen Faden finden, an dem wir ziehen können. Klingt gut?", fragte ich.

„Wir müssen mit Sasha reden, aber ja, klingt gut." Jade blickte auf ihr wunderschönes kleines Mädchen hinunter. „Aber zuerst muss diese kleine Lady ihren Daddy finden. Er ist unten im Clubbüro." Sie nahm die große Wickeltasche, warf sie sich über die Schulter und ging zur Tür. Auf dem Weg nach draußen rief sie über ihre Schulter: „Wir treffen uns im Café!"

Ich warf Bea einen Blick zu. „Willst du mitkommen? Ich werde mal sehen, ob ich Charlie wecken kann."

„Nein. Ich glaube, ich gehe einfach runter und studiere die Spuren der Magie von letzter Nacht. Vielleicht erkenne ich eine Signatur oder etwas anderes, das den Zauber mit einer der mächtigeren Hexen der Stadt in Verbindung bringt."

„Okay. Hört sich gut an."

„Es ist immer hilfreich, wenn Mitglieder des Ermittlungsteams aus verschiedenen Blickwinkeln arbeiten", sagte Bea. „Man weiß nie, was dabei herauskommt, wenn man genau genug hinschaut."

„Wo du recht hast ..." Ich umarmte sie kurz und rannte dann zur Tür hinaus.

Ein paar Augenblicke später war ich außer Atem und

klopfte an Charlies Tür. „Heilige Scheiße, das waren viele Treppen", schnaubte ich und klopfte erneut.

Auf der anderen Seite der Tür war ein Stöhnen und ein Rascheln zu hören.

„Jemand ist wach."

„Es ist kurz nach sieben!" Der Schrei kam aus dem Inneren der Wohnung und ließ mich beten, dass ich an die richtige Tür geklopft hatte.

„Charlie?", rief ich. „Bist du wach?"

„Jetzt auf jeden Fall", gähnte sie, während sie die Tür öffnete. Sie trug Boxershorts und ein weites T-Shirt, das aussah, als gehörte es Kane. „Was gibt's so Dringendes?" Hinter den Worten war kein Ärger, nur Erschöpfung.

Ich reckte den Hals und warf einen Blick in das Studio-Apartment. „Sind alle salonfähig?"

„Nein", kam eine schläfrige Stimme aus dem Bett in der Mitte des Raums.

„Ja", sagte Charlie und schüttelte den Kopf, als sie die Tür weiter öffnete, um mich reinzulassen. „Wach auf, Babe. Es ist Pyper."

Ich warf Candy einen Blick zu. Die schöne Frau lag zusammengerollt auf dem Bett, ihr glänzendes Haar hinter ihr ausgebreitet. Sonnenlicht strömte über ihre makellose, nackte Schulter und ließ es aussehen, als würde sie für ein Magazin-Shooting posieren.

Ich warf Charlie einen Blick zu. „Du meine Güte. Ich hatte keine Ahnung, dass es im wirklichen Leben Leute gibt, die tatsächlich so schön sind. Sieht sie nach dem Aufwachen immer so aus?"

Die Müdigkeit wich aus Charlies herzförmigem Gesicht, und sie schenkte mir ein süßes Lächeln. „Immer. Sie strahlt von innen heraus."

Candy öffnete ein Auge, um uns anzusehen. „Bitte. So früh am Morgen? Ich muss aussehen wie der Crypt Keeper. Ein Mädchen braucht seinen Schlaf, um die Illusion aufrechtzuerhalten, weißt du das nicht?"

Das war keine Illusion. Diese Frau war wunderschön, mit einem großen W. Ihre natürliche Schönheit war fast surreal.

„Ja, ja." Ich drehte mich zu Charlie um. „Ich hab' geradezu Mitleid mit dir. Wirklich. Ich meine, stell dir vor, jeden Tag diesem Gesicht ausgesetzt zu sein. Das reicht, damit jemand Komplexe bekommt."

Charlie schnaubte. „An manchen Tagen ist es anstrengend, aber ihre Seele ist rein genug, dass ich damit leben kann."

„Oh, hört auf, ihr zwei." Candy setzte sich im Bett auf und zog die Decke mit, um ihre Brüste zu bedecken. „Gibt es eine Entwicklung im Fall? Bist du deshalb so früh hier?"

Ich ging zu den raumhohen Fenstern und starrte in den grauen Morgen. Die Wohnung lag zum Innenhof der beiden Gebäude, in denen sowohl das *Wicked* als auch das *Grind* untergebracht waren. Es war wirklich der perfekte

Ort für sie, um sich vor den Paparazzi zu verstecken und trotzdem die Schönheit von New Orleans zu genießen.

„Ja und nein", sagte ich. „Ich habe Julius letzte Nacht gesehen und einige Antworten bekommen."

Charlie kam zu mir herüber und ergriff mitfühlend meine Hand. „Was meinst du, du hast ihn gesehen? Hast du seinen Geist beschworen? Kane hat angerufen und mich gestern Abend auf den neuesten Stand gebracht."

Ich schüttelte den Kopf. „Nein. Er ist wieder in diesem Zwischenzustand zwischen Geist und Mensch. Er war körperlich da."

Candys Augen waren weit aufgerissen, als sie uns zuhörte. Die Schauspielerin war mit paranormalen Aktivitäten nicht ganz unvertraut. Sie war einmal auf einer Weihnachtsparty gewesen, als ein Geist außer Kontrolle geraten war und Jade verflucht hatte. Aber abgesehen davon wusste ich nicht, was Charlie ihr mehr über unser Leben hier in New Orleans erzählt hatte. Wenn sie auf dem Laufenden war, konnte das nicht so schockierend sein, egal, wie seltsam es sich anhörte.

„Wie lange war er da?", fragte Charlie. Sie wusste alles darüber, wie Julius und ich uns kennengelernt hatten. Er war damals halb Geist, halb Mensch gewesen, aber er hatte seine menschliche Gestalt nicht lange halten können. Letzte Nacht war anders gewesen.

„Eine Weile. Wir haben geredet, und dann bin ich eingeschlafen, während er mich gehalten hat. Als ich aufgewacht bin, war er weg." Ich strich mir meine blaue Haarsträhne aus dem Gesicht.

„Das ist doch schon mal was, oder? Wenigstens konntet ihr euch gegenseitig in den Armen halten", sagte Charlie und sah zu Candy hinüber, die unter dem Blick ihrer Freundin rot wurde.

„Ja, das ist schon mal was", stimmte ich zu. Aber mein Herz war schwer, und aller Optimismus der Welt konnte den Schmerz in meiner Brust nicht vertreiben, wenn ich daran dachte, was passieren würde, wenn wir den Fluch, der Julius zwischen den Welten festhielt, nicht brechen könnten. „Jedenfalls …" Ich schüttelte das Schicksal ab, das mich zu erdrücken versuchte. „Ich habe erfahren, dass Beas Zauber den Fluch so weit gebrochen hat, dass Julius zu uns zurückkommen kann, doch dass Sam ihn festhält und ihn das daran hindert, ganz zurückzukehren. Wenn wir Sams Mord aufklären, wird das nicht nur dich entlasten, sondern auch Julius befreien, damit er zu mir zurückkommen kann."

Charlie verzog geschockt den Mund zu einem O. „Das kann nicht dein Ernst sein", sagte sie und blinzelte mich an. „Wie? Warum? Das klingt nicht nach etwas, das Sam tun würde."

„Ich dachte, du hättest gesagt, du kennst sie nicht so gut", sagte Candy vom Bett aus. In ihrem Ton schwang ganz klar Eifersucht mit und Misstrauen.

Charlie drehte sich um und starrte ihre Freundin an. Dann ging sie wortlos zur Bettkante, setzte sich und beugte sich vor, um sie zärtlich zu küssen. Als sie zurückwich, sagte Charlie: „Ich kenne Sam nicht gut genug, um etwas über ihre früheren Beziehungen zu wissen. Sie hat noch nicht *so* lange im Club gearbeitet. Aber was ich über sie weiß, sagt mir, dass sie nicht rachsüchtig war ... überhaupt nicht. Eines der Mädchen hat ihre Setnummer gestohlen, und Sam hat nur mit den Schultern gezuckt und was anderes gemacht. Ich konnte nicht glauben, wie entspannt sie damit umgegangen ist, aber als ich sie gefragt habe, ob alles in Ordnung sei, hat sie mich strahlend angelächelt und mir gesagt, dass das andere Mädchen eine schwere Zeit gehabt haben muss, wenn sie sowas macht. Es schien sie überhaupt nicht zu stören."

„Aber das ist nur eine Tanznummer, Babe", sagte Candy und zog eine Augenbraue hoch.

„Ich weiß, aber es gibt einen ganzen Haufen Beispiele dafür, wie sehr sie sich um andere Menschen zu kümmern schien. Das war einer der Gründe, warum ich an diesem Abend da war. Sie hat um Hilfe gebeten, und ich konnte nicht Nein sagen. Sie hat immer allen anderen geholfen, war immer für die Mädchen im Club da. Ich dachte, es wäre an der Zeit, dass auch mal jemand für die süßeste Stripperin im *Wicked* da ist." Charlie schloss die Augen und holte tief Luft. „Wie konnte ein Abend, an dem wir Kekse gebacken haben, in einer solchen Scheiß-Situation enden?"

„Es fängt immer harmlos an", sagte ich

geistesabwesend. Dann sah ich mich um. „Das Notizbuch?"

Charlie nickte in Richtung des Nachttischs auf der anderen Seite des Betts. „Sasha kommt später vorbei. Ich wollte ihr die Namen geben, wenn sie hier ankommt."

Ich ging zum Buch, riss eine leere Seite heraus und notierte alle Namen darauf. Nachdem ich das Papier auf dem Nachttisch liegen gelassen hatte, warf ich einen zweiten Blick auf die Namen im Notizbuch. „Weißt du, wer diese Leute sind?"

„Nur einer. Adrian. Er ist ihr bester Freund und arbeitet im Pinky's, weiter unten auf der Bourbon Street. Er ist Barkeeper da."

„Okay. Dann fange ich damit an. Ich würde bleiben und mit Sasha reden, aber ich will mir nicht von ihr sagen lassen, dass ich mich da raushalten soll. Denn wir wissen beide, dass ich das nicht tun werde. Jade und Bea auch nicht."

Charlie nickte langsam. „Offen gestanden würde es mich verletzen, wenn ihr das tun würdet."

„Du gehörst zur Familie, Charlie", sagte ich mit brüchiger Stimme. „Keiner von uns wird herumsitzen und darauf warten, dass jemand, den wir nicht kennen, Geister und Schwarzmagier aufspürt. Das weißt du. Und in diesem Fall ist es sowieso besser, nachher um Vergebung zu bitten als vorher um Erlaubnis." Ich ging zu Candy und umarmte sie. „Sagt Kane Bescheid, wenn ihr irgendwas braucht. Ich muss los. Ich muss sehen, ob ich jemanden finden kann, der meine Schicht im Café übernimmt, während ich diese Leute aufspüre."

„Das kann ich machen", sagte sie und straffte ihre Schultern.

Ich runzelte die Stirn. „Was ist mit dem Club? Du kannst unmöglich beides machen. Wann würdest du schlafen?"

Sie fuhr sich mit der Hand durch ihr kurzes braunes Haar. „Sasha will mich nicht dort haben, bis sie alle befragt hat. Kane weiß es schon, aber ich habe Rechnungen zu bezahlen. Sag mir einfach Bescheid, wenn du mich brauchst, und ich bin da."

„Ich kann dir helfen, Babe", sagte Candy leise.

Charlie drehte sich zu ihrer Freundin um, Liebe leuchtete in ihren Augen. „Das weiß ich. Aber ich brauche etwas, um mich abzulenken, sonst verliere ich den Verstand. Du kannst nicht für immer hierbleiben. Morgen fangen deine Dreharbeiten an, und was soll ich dann machen?"

Candy biss sich auf die Lippe, nickte aber. „Ich verstehe."

„Du drehst hier?" Dreharbeiten in Louisiana und New Orleans waren keine Überraschung, aber ich hatte den Eindruck, dass Candy extra für Charlie in ein Flugzeug gestiegen war.

„Ja. Es ist eine Last-Minute-Sache. Als meine Agentin begriffen hat, dass ich hier nicht weggehen würde, hat sie mir ein paar Folgen in einer anderen Showtime-Show besorgt." Sie zuckte mit den Schultern. „So hat mein Management was anderes, worüber es reden kann, als über den Fall gegen meine heimliche Freundin." Sie schürzte die Lippen und zuckte mit einer Schulter. „Es ist kein Geheimnis, dass ich lesbisch bin, aber wir sind bisher sehr diskret mit unserer Beziehung umgegangen. Mein Management ist nicht begeistert davon, dass Charlie einen Stripclub leitet."

„Sind sie angepisst, dass du und Charlie jetzt in den Boulevardblättern seid?", fragte ich, plötzlich neugierig.

„Ja, aber Boulevardblätter bringen mit Vorliebe haarsträubende Geschichten. Solange sie mich nicht dabei erwischen, wie ich Charlie in der Öffentlichkeit knutsche oder um fünf Uhr morgens ihr Haus verlasse, ist alles in Ordnung."

Das klang für mich wirklich traurig, und es machte mich wütend, dass sie ihre Beziehung verheimlichen mussten. Warum musste die Welt so verdammt voreingenommen sein? Aber ich verstand sie. Ich hatte diesen Club jahrelang geleitet, bevor Charlie die Position übernommen hatte. Die Bemerkungen, die ich von ignoranten Leuten zu hören bekommen hatte, waren teils brutal gewesen. Ich konnte mir nur vorstellen, mit welchem Shitstorm Candy fertig werden müsste, wenn die Presse diese Geschichte bringen würde. Ich griff in meine Hosentasche und holte den Schlüssel zu meinem Auto heraus. „Hier. Mein Käfer ist hinten geparkt. Benutzt ihn, wenn ihr irgendwohin müsst."

Keine der Frauen nahm meinen Schlüssel.

„Pyper, das können wir nicht machen", sagte Charlie. „Candy kann einen Fahrdienst oder sowas rufen."

„Und das Risiko eingehen, dass irgendein Rideshare-Fahrer der Presse euren Aufenthaltsort verrät? Auf keinen Fall. Jade kommt heute mit mir. Sie kann Kanes Auto nehmen. Nehmt meins. Benutzt es, wie ihr es braucht. Das Risiko, dass die Paparazzi euch da hinten sehen, ist gering. Der Parkplatz ist von der Straße aus nicht einsehbar."

Candy und Charlie sahen einander an. Sie kommunizierten lautlos, und schließlich drehte sich Candy zu mir um und nahm den Schlüssel. „Danke, Pyper. Du bist ein Geschenk des Himmels. Ich bin so dankbar, dass Charlie Freunde wie dich hat."

Ich drückte ihre Hand. „Sie ist die Beste. Wir würden so ziemlich alles für sie tun." Ich lächelte Charlie an und sagte: „Holly hat heute das Café aufgeschlossen, aber wenn du Zeit hast, könnte sie ein zweites Paar Hände gebrauchen, bis Bo und Reagan von ihren Kursen zurückkommen."

„Ich kümmere mich darum", sagte sie und stand schon vom Bett auf. „Lass mich duschen und was zum Anziehen suchen, dann bin ich da."

„Soll ich dir was zum Anziehen besorgen, Babe?", fragte Candy und hielt meinen Autoschlüssel hoch.

Charlie lächelte sie an. „Danke, aber nicht nötig. Ich gehe später kurz in meine Wohnung. Für jetzt habe ich ein paar Klamotten in meinem Büro im Club. Ich bin sicher, Sasha wird nichts dagegen haben, wenn ich sie kurz hole."

„Besser um Verzeihung bitten als um Erlaubnis", sagte ich mit einem Augenzwinkern.

Sie lachte. „Sag Bescheid, wenn ich irgendwie helfen kann."

„Das werde ich", sagte ich und ging bereits zur Tür hinaus.

KAPITEL ZWÖLF

*I*ch fand Bea im Café, wo sie am Boden kniete. Sie blickte finster drein, und Schweiß stand ihr auf der Stirn.

„Hey", sagte ich leise und ging neben ihr in die Hocke. „Geht's dir gut?"

Sie verzog die Lippen. „Nein. Diese Magie ist …" Sie schüttelte den Kopf und seufzte frustriert. „Sie kommt mir so bekannt vor, und doch kann ich sie nicht einordnen."

„Ich wünschte, ich könnte helfen", sagte ich, wohl wissend, dass ich auf diesem Gebiet nutzlos war.

Sie streckte die Hand aus und tätschelte meine. „Ich weiß, Pyper. Wenn ich genug Zeit habe, werde ich es herausfinden." Bea griff in ihre Tasche und holte ein kleines Glasgefäß heraus. Nachdem sie es genau an der Stelle auf die Fliese gestellt hatte, wo der Zauber gewirkt worden war, schwenkte sie beide Hände über dem Glas und begann, etwas in einer Sprache zu singen, die ich nicht verstand. Wahrscheinlich Latein. Es war die Sprache, die Hexen verwendeten, wenn sie es mit dem Zauber, den sie gerade sprachen, ernst meinten.

Grauer Rauch stieg auf, und sie trieb ihn in das Glas. Mit einem Fingerschnippen flog der Deckel darauf, und sie hatte ein Glas voll Rauch.

„Was ist das? Spuren der Magie?", fragte ich.

Sie steckte das Glas ein und nickte. „So kann ich eine Weile damit leben."

Von hinten waren Schritte zu hören, und einen Moment später war Jade da. Sie nickte Bea zu, während sie hinter den Tresen ging und sich einen Chai Latte machte.

„Morgen!", rief Bea, als sie aufstand. „Wie sieht der Plan für heute aus? Brauchst du mich, oder soll ich in meinen Laden zurückgehen, wo ich das studieren kann?" Sie tätschelte ihre Tasche.

„Wir machen das schon", sagte ich. „Wir werden anfangen, die anderen Leute zu befragen, die an diesem Abend bei Sam waren. Wir fangen mit ihrem besten Freund an, der in einer Bar die Straße runter arbeitet."

„Jetzt?", fragte Jade und warf einen Blick auf die Uhr an der Wand. „Findest du nicht, dass es dafür ein bisschen früh ist?"

„Wahrscheinlich, aber die Bar ist rund um die Uhr

geöffnet. Ich denke, wir können zumindest herausfinden, wann er arbeitet."

„Also gut. Ich bin dabei", sagte Jade. „Wenn das nicht klappt, können wir anfangen, die Mädchen anzurufen, die im *Wicked* arbeiten, um herauszufinden, ob sie jemanden auf deiner Liste kennen."

„Gute Idee."

Die Schlange für den morgendlichen Ansturm begann sich zu bilden, und Jade und ich kehrten hinter die Theke zurück, um Holly zu helfen, bis Charlie kam.

In dem Moment, als sie durch die Hintertür hereinkam, zog Jade sie in ihre Arme. „Wie geht's dir? Bist du okay?"

Charlie erwiderte die Umarmung und nickte. „Ich denke schon. Es hilft, euch auf meiner Seite zu wissen. Wenn jemand diesem Alptraum ein Ende setzen kann, dann ihr drei."

Jade klopfte ihr auf die Schulter. „Ich bin sicher, es hilft, dass dein Mädchen hier ist."

Charlies Lächeln wurde weicher. „Auf jeden Fall. Ich wünschte nur, mein Leben wäre nicht so ein Chaos. Es ist keine gute Publicity, wenn sie da mitten reingerät."

Jade sah sich um, als wollte sie nachsehen, ob jemand in Hörweite war, und da die Luft rein war, schnaubte sie gereizt und sagte leise: „Bitte. So wie ich Candy kenne, schert sie sich einen Dreck um all das. Der ganze Lärm kommt von ihrem Management, oder?"

Ich starrte Jade an. „Du kennst Candy?"

„Ähm, ja", sagte Jade. „Sie war vor einiger Zeit für ein Shooting hier, erinnerst du dich nicht? Oh, warte! Das war, als du mit Julius im Bayou warst. Kane und ich haben sie damals kennengelernt."

Charlie nickte. „Sie hält die meisten ihrer Besuche geheim, um dem Medienrummel aus dem Weg zu gehen."

„Ich verstehe." Es war seltsam, dass ich nichts davon wusste. „Ihr wart sehr diskret. Ich wusste nicht einmal, dass ihr beide ein Paar seid."

„Ich habe es dir nicht absichtlich verheimlicht." Charlie sah jetzt besorgt aus, als könnte ich beleidigt sein oder sowas.

Ich winkte ab. „Keine Sorge. „Ich hatte in letzter Zeit mit meinem eigenen Drama alle Hände voll", sagte ich mit einem trockenen Lachen. „Aber es ist aufregend. Ihr zwei seht wirklich glücklich zusammen aus."

„Das sind wir", bestätigte Charlie. „Aber jetzt geh. Mach deine paranormalen Ermittlungen. Holly und ich schaffen das hier schon."

Jade nickte ihr kurz zu, und keine fünf Minuten später standen wir vor dem Pinky's. An der Fassade hingen Regenbogenbanner, und an der Tür hing ein Schild mit der Aufschrift WILLKOMMEN IM PINKY'S, WO JEDER EIN FREUND IST.

Drinnen lief Taylor Swifts Song „You Need to Calm Down", und laut genug, um auf der Straße gehört zu werden. Ich kicherte. „Das ist ein bisschen zu viel des Guten, oder?"

Jade schmunzelte. „Sieht aus wie eine nette Bar."

„Das ist es", sagte ein gutaussehender Mann, der nicht älter als 25 sein konnte, direkt hinter uns. „Ihr solltet auf ein paar Mimosas reinkommen, oder ich könnte euch Bloody Marys machen, wenn ihr das bevorzugt."

„Machst du auch Virgin Bloody Marys?", fragte Jade.

„Honey, im Pinky's ist nichts jungfräulich", sagte er mit einem Augenzwinkern. Dann lachte er laut auf. „War nur ein Witz. Natürlich kann ich dir auch eine Virgin Bloody Mary machen. Obwohl ich sowas schon lange nicht mehr gesehen habe, wenn du weißt, was ich meine."

Ich kicherte, als wir ihm hinein folgten. „Du bist witzig. Wie lange arbeitest du schon hier?"

„Seit meinem Einundzwanzigsten. Also viereinhalb Jahre. Es war die Bar meines Onkels. Ich habe sie letztes Jahr geerbt." Er ging hinter die Bar und hob eine Augenbraue. „Also, was kann ich euch Ladys bringen?"

„Virgin Bloody Mary, bitte", seufzte Jade. „Aber, Mann, wie ich den Wodka vermissen werde."

„Du könntest pumpen und die Milch wegschütten, damit der Wodka Juliet nichts anhaben kann", sagte ich, bevor ich dem hübschen jungen Mann sagte, dass ich eine Mimosa nehmen würde. Ich hatte im Moment nicht wirklich Lust zu trinken, aber ich wollte eine Beziehung zu ihm aufbauen, um Informationen über Adrian zu bekommen.

Unser Barkeeper betrachtete Jade. „Habe ich das richtig verstanden? Du hast gerade ein Baby bekommen?"

Jade strahlte und nickte. „Sie ist das süßeste Baby, das du je gesehen hast."

„Das wette ich. Mit einer Mama wie dir wird sie die Herzen aller Jungs brechen." Sein Blick wanderte von mir zu Jade und wieder zurück zu mir. „Bist du die zweite Mom?"

Ich kicherte. „Nein, aber wenn sie sich nicht in meinen besten Freund verliebt hätte, wäre das vielleicht interessant gewesen."

Jade kicherte. „Ich konnte nicht anders. Er ist verdammt heiß. Ich meine, du kennst ihn ja."

Ich verdrehte die Augen. „Oh ja. Aber er ist nicht mein Typ."

„Oh! Entschuldigung. Ich wollte nichts annehmen", sagte der Süße hinter der Bar.

„Kein Ding", versicherte Jade ihm. „Sie hat recht. Wenn ich mich nicht in Kane verliebt hätte, hätte ich mich glücklich schätzen können, sie zu angeln. Doch so, wie es ist, muss ich mich damit zufriedengeben, ihre beste Freundin zu sein."

„Ihr zwei seid Zucker!", sagte er, als er sich daran machte, unsere Drinks zuzubereiten.

„Du auch", sagte Jade und lächelte ihn an.

Meine gute Stimmung nach dem Flirtgeplänkel verflog abrupt, als ich an Julius dachte. Er war mein Ein und Alles. Und ich hatte nicht die geringste Ahnung, wo er im Moment war. Zähneknirschend zwang ich mich zu einem Lächeln und sagte: „Eigentlich suchen wir Adrian.

Arbeitet er heute, oder weißt du, wie wir ihn erreichen können?"

Das Lächeln des Mannes verschwand, und sein Blick wurde besorgt. Aber genauso schnell wurde sein Gesichtsausdruck wieder freundlich, als er mich entschuldigend anlächelte. „Tut mir leid, er ist nicht da. Adrian hat sich diese Woche ein paar Tage freigenommen. Seid ihr Freunde von ihm?"

Ich schüttelte den Kopf und entschied, dass es das Beste war, ehrlich zu sein. „Nein, wir sind ihm nie begegnet. Aber wir kannten Sam."

Er erstarrte, und unbestreitbarer Schmerz blitzte in diesen dunklen Augen auf. „Es ist schrecklich, was mit ihr passiert ist", presste er hervor und klang, als würde er mit den Tränen kämpfen.

„Ja, sie hat im Club meines Mannes gearbeitet", sagte Jade ernst. „Wir versuchen herauszufinden, was in dieser Nacht passiert ist. Deshalb sind wir auf der Suche nach Adrian. Wir wissen, dass er sie in dieser Nacht gesehen hat."

„Wir beide." Jetzt strömten Tränen über sein Gesicht. „Adrian ist mein Freund." Er wischte sich schnell die Wangen ab und sammelte sich. Dann streckte er Jade die Hand entgegen. „Ich bin Tyler."

„Freut mich, dich kennenzulernen, Tyler. Ich bin Jade." Sie schüttelte ihm die Hand und sah mich dann vielsagend an. Er war einer der vier Leute auf unserer

Liste. Und so wurde unser Tag um einiges einfacher. „Und das hier ist Pyper."

Er drehte sich zu mir um und schüttelte auch mir die Hand. „Worüber wolltet ihr mit Adrian reden? Er ist ziemlich aufgewühlt. Sie waren beste Freunde, wisst ihr?"

Ich nickte. „Ja, deshalb wollten wir mit ihm reden. Wir sind mit Charlie befreundet, sie ist die Managerin des *Wicked*."

Er spannte sich an und zog die Hand zurück, dann musterte er uns misstrauisch.

Ich runzelte die Stirn. „Hör zu, ich weiß, dass Charlie neulich verhaftet wurde, aber wir wissen ohne jeden Zweifel, dass sie unschuldig ist. Du kannst deine eigenen Schlüsse ziehen. Wir sind nicht hier, um dich von irgendwas zu überzeugen. Wir sind nur auf einer Erkundungsmission, um herauszufinden, was wirklich passiert ist."

„Warum sollte ich überhaupt mit euch reden? Ist das nicht ein Fall für das NOPD?" Doch noch während er das sagte, schauderte er. Er hatte offensichtlich Vertrauensprobleme, wenn es um die Männer in Blau ging.

Ich sah mich in der Bar um, in der Hoffnung, etwas Paranormales zu entdecken. Denn ich wollte ihm gerade meine Gabe anbieten, um hoffentlich sein Vertrauen zu gewinnen. Leider fiel mir nichts auf. Nun, versuchen konnte ich es wenigstens. „Weil ich ein Medium bin und

Sams Großmutter zu mir gekommen ist, um mir zu sagen, dass Charlie es nicht getan hat."

Er blinzelte mich an.

Ich gab mir größte Mühe, um den Blickkontakt aufrechtzuerhalten. „Ich kann Geister hören und mit ihnen sprechen."

„Oh. Ähm. Meine Güte. Du machst Witze!", quietschte er. „Sag mir, dass mein Bruder Benny hier ist." Er schlug sich die Hand vor den Mund. „Oops. Ich wollte seinen Namen nicht sagen. Sag mir was, das nur Benny wissen würde."

Oh, du meine Güte. So funktionierte meine Gabe nicht.

„Pyper kann die Geister normalerweise nicht einfach rufen", erklärte mir Jade. „Sie spricht in der Regel nur mit ihnen, wenn sie zu ihr kommen. Sie müssen etwas zu sagen haben."

„Oh, sicher. Das ist praktisch", sagte er und verdrehte die Augen.

Sag ihm, dass Benny das neue lila Hemd liebt, flüsterte mir eine Stimme ins Ohr. *Sie erinnert mich an die passenden Strampler, die wir in den scheußlichen Porträtaufnahmen getragen haben, die immer noch an seiner Wand hängen.*

Ich räusperte mich und gab die Nachricht Wort für Wort weiter.

Tyler starrte mich mit offenem Mund an.

„Benny?", fragte ich. „Bist du noch hier?"

Ja. Sag Ty Ty, dass ich stolz auf ihn bin und hoffe, dass Adrian weiß, was für einen Fang er gemacht hat.

„Ty Ty?", fragte ich kichernd. „Ist das dein Spitzname?"

Tyler nickte, und frische Tränen traten in seine Augen, als er flüsterte: „Benny. Du bist hier."

„Er sagt, er ist stolz auf dich und hofft, dass Adrian weiß, was für ein guter Fang du bist."

„Das tut er", schniefte Tyler. „Er ist ein wirklich toller Kerl, Ben. Ihr zwei wärt tolle Freunde."

Ich weiß. Ich liebe dich, Little T.

O Götter. Jetzt war ich diejenige, die gleich weinen würde. Es kam nicht oft vor, dass ich der Vermittler zwischen einem Geist und einem geliebten Menschen sein durfte, der Kontakt aufnehmen wollte. Nein, ich bekam immer die Verrückten oder die Verstörten, die mich brauchten, um Morde aufzuklären oder sie von Flüchen zu befreien. Natürlich hatte Julius auch so angefangen, also sollte ich mich vielleicht nicht beschweren?

„Er weiß das, und er liebt dich, Little T", sagte ich leise und wischte mir die Augen.

Tyler holte Luft und erstickte fast an einem Schluchzen, als er herauspresste: „Ich liebe dich auch, Big B. Ich werde dich nie vergessen."

Die Luft um mich herum wurde plötzlich kühler, und ich wusste, dass Benny weg war. Ich griff über die Bar und legte meine Hand auf die von Tyler. „Danke, dass ich die Vermittlerin für einen so besonderen Moment sein durfte."

„Du dankst *mir*?", fragte er und warf mir einen Blick zu, der sagte, dass er mich für verrückt hielt. Kopfschüttelnd kam er hinter der Bar hervor, schlang seine Arme um mich und drückte mich fest an sich. „Danke. Du hast keine Ahnung, wie sehr ich das gebraucht habe."

„Gern geschehen. Das war auch für mich ein Geschenk, weißt du?" Ich küsste ihn auf die Wange. „Du musst ihn schrecklich vermissen."

„Das tue ich." Er wischte sich mit den Fingern unter den Augen entlang und stemmte dann beide Hände in die Hüften. „Also gut. Was soll ich für euch machen? Soll ich mit Adrian reden?"

„Wenn das möglich ist", sagte ich. „Wir müssen wissen, wer die anderen Leute sind, die in Sams Haus waren, und herausfinden, ob einer von euch irgendwas Ungewöhnliches gesehen hat. Außerdem, wann genau ihr dort wart, was sonst noch passiert ist, solche Sachen. Denkst du, wir könnten uns heute vielleicht irgendwann nochmal treffen?"

„Um Sams Mord aufzuklären? Auf jeden Fall." Er zog ein Handy aus seiner Tasche und tippte auf den Bildschirm. Nach ein paar Takten sagte er: „Babe, du musst runter in die Bar kommen. Es sind ein paar Engel hier, die mit uns über unsere letzte Nacht bei Sam sprechen müssen."

Es folgte eine Pause, während er Adrian am anderen Ende der Leitung lauschte. Jade und ich sahen uns an, beide besorgt. Diese beiden Jungs waren unser bester Anhaltspunkt. Wenn Adrian sich weigerte, würden wir –

„Nein. Charlie war es nicht. Sie sind nicht nur hier, um ihren Namen reinzuwaschen, sondern auch, um herauszufinden, wer es wirklich war, und sie brauchen unsere Hilfe. ... Ja, ich glaube ihnen. Vertrau mir, du willst herkommen. ... Okay, wir sehen uns gleich." Er beendete das Gespräch und nickte triumphierend. „Er kommt runter, sobald er sich angezogen hat."

Ich blickte zur Decke hoch. „Wohnt er über der Bar?"

„Ja. Wir beide. Die Wohnung gehört zur Bar. Es wird manchmal ein bisschen laut, aber mietfrei wohnen und der kurze Weg zur Arbeit ist unschlagbar."

Ich lachte. „Das kann ich nachvollziehen. Mir gehört das Grind, und ich wohne auch darüber."

Er ballte seine Hand zur Faust und hielt sie mir für einen Fauststoß hin. „Ihr zwei seid unglaublich", sagte er und musterte uns. „Ich glaube, ich werde euch zu meinen neuen besten Freundinnen machen."

Jade und ich kicherten beide.

„Gern", sagte ich. „Aber diese Lady hier" – ich zeigte auf Jade – „kommt als Paket mit einem Ehemann, einem Geisterhund und einem neugeborenen Mädchen."

„Ich liebe Babys." Er zwinkerte Jade zu.

„Pyper hat einen Verlobten, der in den 1920ern geboren wurde, einen verrückten Hausgeist, der früher in Storyville gearbeitet hat, und einen Bruder, einen Teenager, der bei ihr lebt", ergänzte Jade.

„Und zwei Shih Tzus", fügte ich hinzu.

Er betrachtete mich. „Ich kann es kaum erwarten, die Geschichte über deinen Verlobten und deinen Geist zu hören. Faszinierend. Aber ehrlich, die Shih Tzus haben mich überzeugt. Wer liebt diese kleinen Fellbälle nicht?" Er wandte sich Jade zu. „Tut mir leid, Geisterhunde klingen nicht so knuddelig."

„Sind sie auch nicht", bestätigte sie. „Aber sie brauchen keine große Pflege."

Er schmunzelte und nickte. „Ich verstehe, dass das praktisch ist, aber ich bin trotzdem Team Pyper. Außerdem, wenn ihr Bruder so zuckersüß ist wie sie, will ich ihn kennenlernen."

Ich verdrehte die Augen. „Er ist hetero, und du hast einen Freund. Einen, der, wie dein Bruder gesagt hat, ein toller Kerl ist."

„Hey, ich bin vergeben, aber nicht blind", sagte er und machte einen übertriebenen Schmollmund. „Man weiß nie. Vielleicht ist er ja bi." Den letzten Teil sagte er mit einem übertriebenen Augenzwinkern, gerade, als ein anderer umwerfender Mann durch die Tür in den hinteren Teil der Bar kam. Er hatte volles, sonnengebleichtes, dunkelblondes Haar und eine großartige Figur. Er musste Personal Trainer oder sowas in der Art sein. Niemand war so perfekt.

Er sah Tyler. „Versuchst du schon wieder, Leute zu

bekehren?"

Tyler zuckte die Achseln. „Das ist gut fürs Geschäft."

„Klar." Der umwerfende Mann sah zu mir und Jade herüber. „Sind das die, mit denen ich reden soll?"

Ich streckte ihm meine Hand entgegen. „Pyper Rayne. Du musst Adrian sein."

„Das steht auf meinem Führerschein." Er legte seine Hand in meine, sein Griff war selbstbewusst fest. Aber es waren seine traurigen, geröteten Augen, die meine Aufmerksamkeit fesselten. Tiefe Traurigkeit ging von ihm aus, die mir sagte, dass er am Boden zerstört war.

Ich hatte keine Ahnung, wohin diese Ermittlungen führen würden, aber eines war sicher: Adrian hatte nichts mit dem Mord an seiner besten Freundin zu tun.

KAPITEL DREIZEHN

*A*drian hielt Tylers Hand so fest, dass seine Knöchel weiß wurden. Wir waren im Büro der Bar, die beiden saßen auf einem Sofa, während Jade den einzigen Stuhl einnahm. Ich ging in dem kleinen Raum auf und ab.

„Ihr sagt, es war Magie im Spiel?", fragte Adrian.

„Das glauben wir", sagte Jade. „Wie kommt es sonst, dass Charlie die Einzige auf dem Überwachungsvideo ist?" Das war der Beweis, der für ihre Verhaftung ausschlaggebend gewesen war.

„Wisst ihr, als ich gehört habe, dass die Bullen glauben, dass es Charlie war, war ich geschockt. Ich kenne sie ein bisschen, und sie ist nie was anderes als freundlich und liebenswürdig. Es war fast genauso ein Schock wie herauszufinden, dass Sam weg ist." Seine

Stimme stockte bei dem Wort *weg*, und er wandte sich ab und wischte sich die feuchten Augen.

Ich gab ihm einen Moment, um sich zu fangen, und als seine Augen trocken waren, fragte ich: „Weißt du, wer Pamela ist?"

Er nickte. „Sie ist ihre Ex. Sie war an dem Abend da und hat eine Kiste mit ihren Sachen abgeholt. Sie war nur etwa zehn Minuten da, glaube ich. Ich erinnere mich, weil Sam die ganze Zeit angespannt war, als sie da war. Du weißt schon, Ex-Kram."

„Sicher." Es klang nicht so, als ob Pamela etwas damit zu tun haben könnte, besonders, da Adrian Sam sowohl vorher als auch nachher gesehen hatte. „Kennst du ihren Nachnamen? Wir würden sie gern besuchen, nur um zu hören, ob sie was gesehen hat."

„Pamela Kendrick."

Ich schrieb den Namen auf und stellte ein paar Fragen darüber, wo sie lebte und arbeitete. Er wusste nicht, wo sie wohnte, aber sie arbeitete in einem Kosmetikladen in Uptown. Welcher es war, wusste er jedoch nicht.

„Danke", sagte ich. „Das sollte reichen."

„Die einzige andere Person, die ich an diesem Abend gesehen habe, war Kai", erklärte Adrian. „Außer Tyler natürlich, aber wir waren die ganze Zeit zusammen."

„Erzähl mir von Kai", sagte ich. „Männlich? Weiblich?"

„Männlich. Er wollte Sam zu einem Date überreden. Aber sie steht nicht wirklich auf Jungs. Zumindest nicht mehr." Er lächelte Tyler an. „Ich war ihr letzter Freund …

auf der Highschool. Wir waren damals beide ein bisschen verwirrt." Adrian lachte leise. „Unser Dating-Leben war vollkommen unschuldig."

Tyler kicherte. „Und die Tatsache, dass beide damit kein Problem hatten, hätte für sie ein erster Hinweis sein sollen."

„Nicht wahr?", sagte Adrian kopfschüttelnd. „Wir waren so naiv."

So amüsant sie auch waren, ich war auf Antworten gefasst. „Weißt du irgendwas über Kai? Seinen Nachnamen oder wo er arbeitet, wo Sam ihn kennengelernt hat?"

„Nicht viel", sagte Adrian stirnrunzelnd. „Er ist Künstler. Ich glaube, sie hat ihn im *Pink Table* kennengelernt. Sie führen verschiedene Shows auf, wie regionale Theaterstücke, Burlesque, Magier, so ziemlich alles, was man bei *America's Got Talent* sehen könnte. Sie sind auf das Ungewöhnliche spezialisiert. Ich glaube, Kai ist da Stammgast oder arbeitet als Barkeeper – Sam sagte, sie habe ihn praktisch jedes Mal gesehen, wenn sie dort war, was daran lag, dass sie versucht hat, als Tänzerin für die abendliche Eröffnungsshow eingestellt zu werden."

„Großartig. Wirklich gute Informationen." Ich ließ ihn die Ereignisse des Abends durchgehen, aber sie schienen alle ziemlich banal. Das einzig Auffällige war, dass Kai und Charlie blieben, als Adrian und Tyler gingen. Das bedeutete, dass Charlie und Kai unsere beiden Hauptverdächtigen waren, sofern nicht jemand anderes aufgetaucht war, nachdem die beiden gegangen waren. Und in meinen Augen bedeutete das, dass es Kai war.

„Vielen Dank", sagte Jade und stand anmutig auf. „Ihr habt uns wahnsinnig geholfen." Sie ging hinüber und umarmte Adrian. „Nochmal mein Beileid. Ich war auch schonmal in deiner Lage und kann nur sagen, dass du zwar nie aufhören wirst, sie zu vermissen, aber der Schmerz wird nachlassen. Das verspreche ich. Ich weiß, es ist ein Klischee, zu sagen, dass du dich an die guten Zeiten erinnern sollst, aber es hilft wirklich. Geschichten, die dich zum Lachen bringen, sind die besten."

Adrian hielt sie fest, und im nächsten Moment begann sein Körper zu zittern. Er weinte wieder. Aber als er sie losließ, hatte er ein dankbares Lächeln im Gesicht. „Danke. Ich werde es versuchen."

Jade umarmte als Nächstes Tyler, und als sie fertig waren, machte ich es auch. „Ruft uns an, wenn euch was einfällt, das relevant sein könnte. Auch wenn es noch so trivial erscheint, okay? Man weiß nie, was ein entscheidender Hinweis sein könnte."

Adrian versprach, dass er es tun würde. Tyler auch. Und als wir gingen, hatten sie sowohl Jades als auch meine Handynummer und unser Versprechen, sie über die Ermittlungen auf dem Laufenden zu halten.

„Also …", fragte ich Jade, als wir uns gegen den Dezemberwind stemmten und zu mir nach Hause gingen. Die Bourbon Street war hübsch mit all den Weihnachtsdekorationen, die um die Laternenpfähle gewickelt waren und die Schaufenster schmückten, aber sie war größtenteils verlassen. Dezember war für Touristen nicht gerade der beliebteste Monat, um die Crescent City zu besuchen. „Was denkst du? Adrian und Tyler haben die Wahrheit gesagt, oder?"

Jade nickte. „Auf jeden Fall. Adrian ist untröstlich, und Tyler ist traurig und macht sich Sorgen. Aber nicht Sorgen im Sinne von Befürchtungen oder Schuldgefühlen. Sorgen im Sinne von Hilflosigkeit."

Das ergab durchaus Sinn. Und ich hatte keinen Grund, Jades Einschätzung in Frage zu stellen. Mit ihrer Empathengabe hätte sie Schuldgefühle oder, schlimmer noch, Genugtuung gespürt, wenn einer von beiden geschauspielert hätte. „Also Kai, richtig? Auf ihn sollten wir uns konzentrieren."

„Ja. Wir sollten Pamela auch ausfindig machen, nur um ganz sicherzugehen, aber das denke ich auch."

„Okay", sagte ich. „Wir müssen in den Kosmetikgeschäften der Stadt nach Pamela fragen, hört sich so an, als sollte sie tagsüber leichter zu finden sein. Und heute Abend nehmen wir uns dann Kai vor."

„Dann machen wir das so." Sie sah mich verlegen an. „Aber können wir zuerst im Club vorbeischauen, damit ich Juliet knuddeln kann?"

Ich kicherte. „Natürlich."

Als wir zum Café zurückkamen, ging Jade sofort ins Nachbargebäude, um Kane und ihre kleine Tochter zu besuchen. Ich winkte Holly zu und ging nach hinten, wo ich Charlie am Schreibtisch sitzen sah, das Telefon am Ohr und die Stirn auf ihre Hand gestützt.

„Das ist nicht möglich", sagte sie und klang verzweifelt. „Es waren definitiv noch andere Leute da. Ich habe sie kommen und gehen sehen. Wenn sie auf der Aufnahme nicht zu sehen sind, ist sie manipuliert."

Ich setzte mich neben Charlie und legte ihr beruhigend eine Hand auf die Schulter.

„Haben Sie eine Hexe gebeten, sich das anzusehen?", fragte Charlie gereizt. „Videoexperten werden nicht feststellen können, wenn eine Hexe es verändert hat."

„Stört es dich, wenn ich mit ihr rede?", flüsterte ich, da ich wusste, dass die einzige Person, mit der Charlie dieses Gespräch führen würde, Sasha, ihre Anwältin, war.

„Pyper würde Ihnen gern was sagen", sagte Charlie und gab mir dann ohne zu warten den Hörer.

„Sasha?", sagte ich.

„Ms. Rayne. Haben Sie was von Ihren Geistern erfahren?"

„Ja. Ich habe auch mit zweien der Leute gesprochen, die dort waren. Sie haben Charlies Behauptung bestätigt, dass noch mehr Leute im Haus waren. Ich kann Ihnen die Namen als mögliche Zeugen nennen."

„Das wäre ganz ausgezeichnet", sagte sie. „Danke."

„Gern geschehen. Und wenn Sie jemanden brauchen, der das digitale Filmmaterial analysiert, um festzustellen, ob es magisch verändert wurde, habe ich die perfekte Hexe für Sie. Sie ist wirklich gut mit subtiler Magie."

„Und wer wäre das?", fragte sie skeptisch.

„Beatrice Kelton. Sie war früher die Anführerin des Hexenzirkels in New Orleans. Sie ist jetzt im Ruhestand, aber eine Freundin von uns und ist gern bereit zu helfen. Wenn jemand magische Spuren in der digitalen Datei finden kann, dann sie."

Sasha wurde still, während sie über die Idee nachzudenken schien. Und gerade als ich dachte, sie würde mir sagen, ich solle mich um meinen eigenen Kram kümmern, sagte sie: „Ja. Okay. Vor allem, da Sie Zeugen gefunden haben. Wenn die Aufnahme manipuliert wurde, kann ich das als Grund für einen Antrag auf Abweisung der Klage verwenden. Danke, Pyper. Ich rufe sie gleich an."

Ich gab ihr Beas Nummer, bat Sasha aber, sie mich zuerst anrufen zu lassen. Bea würde wahrscheinlich keinen Anruf von einer unbekannten Nummer annehmen.

„Gut. Aber ich will nicht zu viel Zeit verstreichen lassen. Je länger wir brauchen, desto mehr Möglichkeiten hat die Gegenseite, belastende Beweise zu sammeln, die sie ganz sicher aus dem Kontext reißen werden."

„Richtig", sagte ich und runzelte die Stirn, weil ich nicht ganz verstand, was sie sagen wollte. Aber ich war froh, dass sie mir erlaubte, Bea hinzuzuziehen. Bea verstand Magie bis ins kleinste Detail. Und es schadete nicht, dass sie die mächtigste Hexe war, die ich je kennenlernen durfte. Wenn es Spuren von magischer Manipulation gab, würde sie sie finden. „Können Sie das Video zu *Herbal Connection* bringen? Das ist Beas Laden."

„Ich bringe es dorthin, aber ich lasse es nicht aus den Augen. Das verlangt das Protokoll", sagte sie und schluckte, als würde sie nach Luft schnappen.

„Wenn Sie das sagen", sagte ich. „Wir treffen uns dort in zwanzig Minuten."

Ich eilte zurück ins *Wicked*, wo ich Jade und Baby in einem Sessel in Kanes Büro dösend fand. Er legte einen Finger auf seine Lippen und folgte mir auf den Flur.

„Wie lange hat es gedauert, bis sie eingeschlafen ist?", fragte ich.

„Nur ein paar Minuten. Aber bevor sie eingeschlafen ist, hat sie was davon gesagt, dass sie nochmal mit dir raus muss, um jemanden aufzuspüren."

Ich klopfte ihm auf die Brust. „Mach dir deswegen keine Sorgen. Ich gehe für eine Weile zu Bea. Wenn sie aufwacht, schick sie nach Hause, damit sie sich ausruhen kann, und sag ihr, dass ich sie später dort treffen werde."

Er nickte. Dann musterte er mich. „Geht's dir gut? Wirklich gut?"

Ich schüttelte den Kopf. „Nicht hundertprozentig, aber solange ich beschäftigt bin, habe ich es im Griff.

Weck Jade nicht auf. Sie muss nicht dabei sein. Ich bringe sie später auf den neusten Stand, okay?"

„Gut." Aber bevor er mich gehen ließ, umarmte er mich und flüsterte: „Wir werden ihn nicht verlieren. Keiner von uns wird das zulassen."

Ich umarmte ihn fest und betete, dass er recht hatte.

KAPITEL VIERZEHN

*D*er würzige Duft eines vertrauten Rasierwassers hüllte mich ein, als ich das *Herbal Connection* betrat. Ich sah mich sofort im New-Age-Laden nach meinem grünäugigen Verlobten um, nur um enttäuscht zu seufzen, als ich feststellte, dass er nicht da war.

Natürlich war er nicht da. Ich hatte den Zauber ganz vergessen, der auf jeden wirkte, der Beas Laden betrat. Die Magie ließ jeden den Duft erleben, der ihn am glücklichsten machte. Meiner war Julius' Rasierwasser. Ich biss die Zähne aufeinander und versuchte, nicht genervt zu sein. Ich vermisste ihn einfach so sehr.

„Pyper. Da bist du ja", sagte Bea, eilte zu mir und drückte meine Hand. „Sasha ist schon da. Komm zu uns nach hinten, und ich sehe mir das Video an."

Ich nickte und folgte der älteren Hexe durch ihren

Laden. Normalerweise fand ich die Zaubertränke, skurrile Kerzen und Scherzzauber toll, aber heute war ich ganz auf die Sache konzentriert.

Mit ihren langen dunklen Haaren, die sie zu einem schicken Knoten hochgesteckt hatte, saß Sasha an Beas Edelstahl-Arbeitsplatz und betrachtete misstrauisch einen Computer, der aussah, als wäre er in den späten Achtzigern modern gewesen. Sie wandte ihre Aufmerksamkeit Bea zu. „Das ist also der Computer, mit dem Sie den USB-Stick analysieren wollen?"

„Absolut", sagte Bea mit einem selbstbewussten Grinsen. Sie streckte die Hand nach dem Stick aus.

Die Anwältin reichte ihn ihr zögernd, während ich versuchte, nicht zu kichern. Bea war die Beste in dem, was sie tat. Sasha würde das schon bald herausfinden.

Bea enttäuschte uns nicht. Nachdem der uralte Monitor schließlich zum Leben erwacht war, steckte Bea den USB-Stick in einen modifizierten Port, drückte ein paar Tasten, und wir sahen uns alle eine beschleunigte Version der Aufnahme an, in der Charlie die einzige Person war, die das Schrotflintenhaus die ganze Nacht über betreten oder verlassen hatte.

„Schlampig", sagte Sasha und schüttelte den Kopf. „Wie kann der leitende Ermittler nur so dumm sein? Es gibt Zeugen, die gesehen haben, wie Charlie Sam nach Hause gebracht hat, und doch zeigt diese Aufnahme nur, wie Charlie das Gebäude betritt. Nicht nur das, sondern sehen Sie sich genauer an, wie sie dort ankommt. Jemand außerhalb des Bildes gibt ihr eindeutig den Schlüssel, um die Tür zu öffnen."

„Die Polizei sieht nur, was sie sehen will", sagte ich. „Es ist einfacher, einen Fall zu lösen, indem man jemandem was anhängt, wenn es nur einen Verdächtigen gibt."

Sie schnaubte. „Das weiß ich nur zu gut."

„Haltet euch fest, Ladys. Wenn ich hier fertig bin, wird der Rat die Verantwortung für diesen Fall übernehmen. Das wird helfen, Charlie aus der Patsche zu helfen." Bea legte ihre Fingerspitzen auf die Tastatur und sang etwas auf Latein, bis die Magie aus ihnen heraus schoss. Der Lichtfunke flog direkt in die Tasten und zischte das Kabel hinunter in die USB-Verbindung. Zickzacklinien aus knisterndem Licht leuchteten auf dem Monitor, wodurch das Video ein paar Mal aufblinkte und dann, gerade als ich sicher war, dass der Zauber nicht funktioniert hatte, fing das Video an zu spielen.

Die Szene begann damit, dass Charlie und Sam lachend die Verandastufen hinaufgingen. Sam griff in ihre Tasche, holte einen Schlüssel heraus und gab ihn Charlie. Eine Sekunde später verschwanden die beiden im Haus. Bea drückte eine Taste und ließ das Video ablaufen, bis eine schlanke Blondine erschien und ohne anzuklopfen das Haus betrat. Nicht lange danach tauchte ein gutaussehender, durchtrainierter junger Mann mit kantigem Kinn und dunklem, lockigem Haar auf. Er klopfte gerade an die Tür, als Adrian und Tyler die Treppe heraufkamen. Sie plauderten ein paar Augenblicke und betraten schließlich das Haus.

„Nun, das ist Beweis genug, dass Charlie nicht die Einzige dort war", bemerkte ich das Offensichtliche.

Bea nickte. „Mal sehen, was wir sonst noch finden."

Sashas Stift flog über einen Notizblock, während sie etwas aufschrieb, das wie eine Abhandlung über den Inhalt des Videos aussah. Was schrieb sie, das so viele Worte brauchte?

Bea spulte vor, und irgendwann war auf dem Bildschirm nicht mehr als Schneegestöber zu sehen. „Verdammt", murmelte sie. „Das wird uns nichts nützen."

Sasha stieß ein gereiztes Schnauben aus. „Als ich es das erste Mal gesehen habe, war es nicht so. Ich denke, Ihre Magie hat diesen Teil zerstört."

Bea zog eine Augenbraue hoch und starrte die Anwältin über ihre Brille hinweg an. „Ach, denken Sie? Wenn man bedenkt, dass jemand dieses Video schon manipuliert hat, warum glauben Sie dann nicht viel eher, dass dieser Abschnitt gelöscht wurde?"

„Weil da, als ich es mir vorhin angesehen habe, stundenlang Filmmaterial von der Vorderseite des Hauses war, auf dem nichts passiert ist", sagte Sasha und schrieb weiter auf ihren Block.

So ernst die Situation auch war, ich konnte mir ein leises Lachen nicht verkneifen.

Beide Frauen drehten sich um und starrten mich an.

Ich zuckte mit einer Schulter. „Tut mir leid. Es kommt selten vor, dass jemand Beas Fähigkeiten so in Frage stellt." Ich warf Sasha einen Blick zu und fügte hinzu: „Sie haben Nerven aus Stahl, was perfekt ist, um Charlie zu verteidigen, aber ich habe noch nie erlebt, dass Bea sich in so etwas irrt. Und Sie sollten wissen, dass sie die Erste wäre, die zugeben würde, wenn sie einen Fehler gemacht hätte, wie versehentlich Beweise zu vernichten. Da sie das nicht gemacht hat, neige ich dazu zu glauben, dass das Filmmaterial vorher manipuliert wurde und nicht, dass der Zauber es ruiniert hat. Warum sollte sonst die erste Hälfte in Ordnung und die zweite ruiniert sein?"

Sasha blinzelte und starrte mich an. „Sie vertrauen ihr so sehr?"

„Ja", sagte ich, ohne zu zögern. „Ich vertraue ihr mit meinem Leben." Fast hätte ich hinzugefügt, dass das nicht hypothetisch war. Bea hatte uns alle im Laufe der Jahre mehr als einmal gerettet.

Sasha seufzte tief. „Also gut. Ich werde aufgrund der neuen Beweise eine Petition beim Hexenrat einreichen. Hoffentlich werden die Anklagen bis heute Nachmittag fallengelassen." Sie nickte zum Computer und fragte Bea: „Kann ich eine Kopie von allem bekommen, was Sie gerade gemacht haben?"

„Natürlich", sagte die Hexe.

Fünf Minuten später war Sasha auf dem Weg, und ich war der Lösung des Mordes keinen Schritt näher gekommen und frustriert.

Tränen brannten in meinen Augen, aber ich unterdrückte sie und weigerte mich, meine Gefühle überhandnehmen zu lassen. Julius zählte auf mich. Verdammt, ich zählte auf mich. Ich hatte keine Zeit, zusammenzubrechen. „Bea?"

„Ja, Liebes?", fragte sie mit sanfter und mitfühlender Stimme.

Sie spürte wohl, dass ich kurz vor einem emotionalen Zusammenbruch stand, und ich schalt mich selbst. *Was zur Hölle, Pyper? Du bist stärker als das. Reiß dich zusammen!* Ich holte tief Luft und fragte: „Kannst du mir helfen, Julius zu beschwören?"

Sie neigte den Kopf und musterte mich. „Hast du oder deine Führer versucht, ihn zu rufen?"

„Ähm, nein", sagte ich mit einer Grimasse. Was war los mit mir? Natürlich hatte sie recht. Seit Bea ihn von diesem fiesen Zauber zurückgeholt hatte, lebte er halb in der Menschenwelt und halb in der Geisterwelt anstatt im Fegefeuer oder wo auch immer. „Verdammt, daran hätte ich denken sollen."

Bea legte sanft eine Hand auf meinen Arm. „Es ist eine stressige Zeit, Honey. Aber mach dir nicht zu viele Sorgen. Konzentrier dich einfach darauf, weiterzumachen und diesen Fall zu lösen, damit wir an Silvester eine Wahnsinnsparty feiern können."

Meine Augen wurden heiß. „Oh, verdammt", flüsterte ich. „Jetzt hast du es geschafft."

„Wir waren schon früher in schwierigen Situationen", sagte sie. „Wir werden das auch durchstehen."

Ich nickte und betete, dass Julius' hart erkämpfte zweite Chance auf dieser Erde nicht zu Ende gegangen war.

Das ist sie nicht. Seine Stimme hallte in meinem Ohr wider.

Ich wirbelte herum und sah ihn direkt neben mir schweben, seine Lippen zu einem kleinen Lächeln verzogen. „Julius", flüsterte ich, und meine Finger zuckten, um ihn zu berühren.

Er streckte seine Hand nach meiner aus, als hätte er meine Gedanken gelesen, aber da er gerade ein Geist war, war eine Berührung unmöglich. *Wir treffen uns zu Hause, Liebes.*

Ich starrte ihn an, bis er langsam im Äther verschwand.

Einen Moment lang standen Bea und ich schweigend da. Dann legte sie mir sanft die Hand auf die Schulter und sagte: „Du willst ihn nicht warten lassen."

Es war keine Überraschung, dass sie ihn gehört hatte. Obwohl sie kein Medium war, hörte Bea oft die Toten, besonders, wenn sie in ihren eigenen vier Wänden war.

Die Toten. Diese Worte schossen in meinem Kopf hin und her und quälten mich. „Ja", keuchte ich. „Ich rufe dich an, sobald wir von Sasha hören." Ohne ein weiteres Wort eilte ich aus dem Laden und die Bourbon Street hinunter.

KAPITEL FÜNFZEHN

Zwei Shih Tzus rannten aus Bos Zimmer, als ich meine Wohnung betrat. Ein goldweißer Blitz sprintete im Kreis um mich herum, während der gestromte der beiden direkt vor meinen Füßen stehen blieb und sehnsüchtig zur Tür blickte. Ich seufzte und nahm beide an die Leinen.

Nachdem die Hunde Gassi geführt und mit Leckerlis versorgt waren, eilte ich in mein Schlafzimmer und erwartete, Julius dort zu finden. Aber alles, was ich fand, war ein leeres, ungemachtes Bett.

„Hier!", rief Julius aus dem Bad. Mir sprang fast das Herz aus der Brust, als ich zur Tür rannte. Mein wunderschöner Verlobter stand neben der Dusche, nackt, nur mit einem Handtuch bekleidet. Mit einer Hand drehte er das Wasser auf und bedeutete mir mit der anderen, zu ihm zu kommen.

Ich zögerte nicht. Ich zog sofort mein Shirt über den Kopf und wandte mich dann dem Knopf meiner Jeans zu, während ich auf ihn zuging.

Seine grünen Augen funkelten, als er mich beobachtete. „Du bist das Schönste, was ich je gesehen habe."

„Ja? Na ja, der Anblick wird gleich noch viel interessanter." Ich schob meine Hose über die Hüften und stieg heraus, sodass ich nur noch BH und Höschen trug.

„Ich könnte dich stundenlang anstarren." Er strich mit der Fingerspitze über die Spitze meines Höschens, sodass ich eine Gänsehaut bekam.

„Ich werde schrecklich enttäuscht sein, wenn du nur starrst", sagte ich, ergriff das Handtuch und riss es weg.

„Oh, mach dir darüber keine Sorgen." Sein Blick wanderte über meinen Körper, Hitze und pures Verlangen blitzten in seinen Augen auf. „Ich will dich mehr, als ich jemals irgendwas gewollt habe."

Ich senkte den Blick und schluckte ein Keuchen hinunter. Seiner unübersehbaren Erregung nach zu urteilen log er nicht. Ich benetzte mir die Lippen, zwang meinen Blick zurück zu seinem Gesicht und sagte: „Ich liebe dich."

Er griff um mich herum und befreite mich von meinem Lieblings-BH. Nachdem er mit seinen Fingern zärtlich über meine Brüste gestreichelt hatte, sanken seine Hände zu meiner Taille. Seine Lippen berührten meine, und er schob die Spitze hinunter.

Ich trat aus meinem Höschen, und er führte uns in die Dusche und in den Dampf, der uns einhüllte.

Als ich ein paar Stunden später aufwachte, waren starke Arme um mich geschlungen. Nach unserer Dusche waren Julius und ich eng aneinander gekuschelt ins Bett gefallen. Mein Herz und meine Seele waren beide erfüllt, aber immer noch müde. Als ich mich umdrehte und ihm einen sanften Kuss auf die Lippen gab, drückte der wunderbar warme Mann seinen harten Körper näher an meinen und umarmte mich.

„Ich will noch nicht aufwachen", murmelte ich und wünschte, die Zeit könnte stillstehen, wir könnten für immer in diesem ruhigen Moment leben.

„Das musst du, Liebling", flüsterte er. „Es ist fast Zeit für mich zu gehen."

Schmerz durchbohrte mein Herz, und ich drehte mich um und starrte in seine besorgten grünen Augen. „Du spürst das?"

Er nickte und strich mit seinen Lippen über meine. „Da ist ein leichtes Prickeln in meinem Bauch. Es hat gerade angefangen."

Ich legte beide Hände an seine Wangen und sah ihn an, als würde ich versuchen, mir jedes Detail seines hübschen Gesichts einzuprägen. Als müsste ich es tun. Sein Bild hatte sich bereits in mein Gedächtnis eingebrannt. „Hast du Sam gesehen?"

„Nur für ein paar kurze Augenblicke. Sie ist noch nicht ganz bei Sinnen." Er lächelte mich beruhigend an.

„Aber mach dir keine Sorgen. Ich werde zu ihr durchdringen und rechtzeitig zu Hause sein, um dich am Altar zu treffen."

„Das solltest du besser", sagte ich und vergrub mein Gesicht an seiner Schulter. „Ich habe das perfekte Kleid und …" Wieder brannten mir die Tränen in den Augen. „Verdammt. Das Kleid ist mir egal. Ich will nur dich."

„Ich weiß, Pyper." Er küsste mich zärtlich auf den Kopf, kurz bevor er verschwand, während seine Körperwärme noch eine Weile blieb. Ich ließ mich auf seine Seite des Bettes fallen, sog die letzten Überreste von ihm in mich auf und versuchte, nicht daran zu denken, was passieren würde, wenn wir Julius nicht von Sams Halt befreien könnten.

Mein Handy klingelte und störte die Stille in meinem Schlafzimmer. Ich blickte auf und sah Sashas Namen auf dem Display aufblinken.

„Sagen Sie mir, dass Sie gute Neuigkeiten haben", sagte ich.

„Leider nicht. Der Hexenrat hat kein Interesse daran, Charlies Fall zu übernehmen. Da sie keine Hexe ist, sagen sie, sie bräuchten bessere Beweise als die, die ich ihnen gebracht habe. Sie sagten, Bea habe das Original manipuliert, und sie könnten dem Video nicht trauen."

Ich wollte schreien. „Sie meinen, sie trauen *ihr* nicht."

„Ja. Das ist es so ziemlich." Sie stieß einen gequälten Seufzer aus. „Ich werde sie weiter bearbeiten, aber es ist am besten, wenn wir davon ausgehen, dass der Fall vorerst beim NOPD bleibt."

„Diese verdammten alten Hexen", knurrte ich. „Sie sind mir und Jade was schuldig. Nach dem letzten Jahr sollten sie sich nach Kräften bemühen, uns zu helfen."

„Sie tun für niemanden irgendwas", sagte Sasha und klang dabei genauso genervt, wie ich mich fühlte. „Aber ich wette, das wissen Sie schon."

„Ja", bellte ich. „Das weiß ich. Na gut. Ich werde Bea Bescheid sagen, und dann werden Jade und ich uns an die Arbeit machen, Pamela und Kai aufzuspüren."

„Ich werde Backgroundchecks für alle veranlassen und selbst ein bisschen weitergraben. Rufen Sie mich an, wenn Sie was finden."

„Sie bitte auch", sagte ich und beendete das Gespräch.

Ich blickte zurück auf Julius' Seite des Bettes. „Wir werden das lösen, Babe. Auf die eine oder andere Weise werde ich dafür sorgen, dass du nie wieder von meiner Seite weichst."

ALS JADE nicht auf mein leises Klopfen an ihrer Tür antwortete, benutzte ich meinen Schlüssel, um in ihr und Kanes Haus zu gelangen. Seit Juliet angekommen war, hatte ich nicht mehr geklingelt, um nicht versehentlich ein schlafendes Baby zu wecken. Leise ging ich zum zweiten Schlafzimmer und steckte meinen Kopf hinein.

Dort fand ich Jade im Schaukelstuhl, in dem Juliet in ihren Armen schlief.

„Hi", flüsterte sie. Sie lächelte heiter und strahlte vor Freude.

Mein armes Herz klopfte in meiner Brust, als Liebe und Neid mich überwältigten. Ich freute mich unheimlich für meine Freundin. Sie hatte ihr Happy End verdient. Und ich hasste es, dass sich das grünäugige Monster in mich geschlichen hatte. Ich konnte es nicht verhindern, so sehr ich es auch wollte. Hatte ich nicht dasselbe Glück verdient? Verheiratet mit Julius und mit einem eigenen Kind, das mit Juliet aufwachsen würde?

Vielleicht nicht, dachte mein verräterischer Verstand.

„Stimmt was nicht?", fragte Jade, stand auf und legte das Baby in sein Bettchen.

„Nichts." Ich stieß ein ersticktes Lachen aus. „Alles."

Sie küsste den Kopf des Babys, kam zu mir herüber und umarmte mich so fest, dass ich kaum atmen konnte. „Wir holen ihn zurück. Das verspreche ich dir."

„Ich weiß." Aber die Wahrheit war, dass niemand wusste, was passieren würde. Ich kniff die Augen zusammen und versuchte, Bilder davon auszublenden, wie mein Leben ohne Julius aussehen könnte. „Nein. Das tust du nicht. Du bist traurig und verängstigt und machst dir Vorwürfe." Jade legte ihre Hand auf mein Herz. „Es ist okay, all das zu empfinden, weißt du. Ich kann mir nicht vorstellen, wie schwer es ist, mich jetzt mit Juliet zu sehen."

„Natürlich kannst du das", sagte ich mit einem gezwungenen Lächeln. „Sag mir nicht, dass du es nicht spürst."

Ihr Gesichtsausdruck wurde mitfühlend. „Na gut. Ich spüre es. Aber ich glaube, du überspielst es ziemlich."

„Tue ich das?" Ich wandte den Blick ab. Ich fühlte mich unbehaglich mit diesem Gespräch. „Ich freue mich für dich, Jade. Ich will, dass du das weißt. Ich will dir deine Freude nicht nehmen. Das wäre schrecklich. Es ist gerade einfach schwer."

„Das weiß ich auch, Sweetie. Ich kann die Liebe fühlen, die von dir ausgeht." Sie drückte meine Hand und trat einen Schritt zurück. Sie griff nach dem Babyfon und deutete auf die Tür. „Lass uns in der Küche reden."

Dort angekommen, holte sie sofort einen ganzen Käsekuchen aus dem Kühlschrank.

„Wir müssen auftanken." Sie zwinkerte mir zu. Während sie zwei großzügige Portionen abschnitt, kochte ich eine Kanne Kaffee.

Als wir uns an den Tisch setzten und unser Käsekuchen und der Kaffee vor uns standen, erzählte ich Jade, was mit Bea und dem Hexenrat passiert war. Dann fügte ich hinzu: „Unser nächster Plan ist, Pamela und Kai zu finden."

Jade warf einen Blick auf die Uhr. „Es wird spät. Sollen wir das morgen früh machen?"

Ich folgte ihrem Blick und musste mir ein Kichern verkneifen. Seit wann ist acht Uhr abends spät, besonders wenn wir nach Leuten suchten, die gerade mal Anfang zwanzig waren?

Sie musste gespürt haben, dass es mich amüsierte, denn sie lachte und verdrehte die Augen. „Ich weiß. Ich bin schon so eine Mutter."

„Schon gut", sagte ich. „Aber wenn du dich erinnerst, arbeitet Kai im *Pink Table*. Ich gehe heute Abend hin, um ihn zu besuchen. Pamela können wir morgen suchen."

„Oh nein", sagte sie kopfschüttelnd. „Ich lasse dich nicht allein gehen." Jade stand abrupt auf und ging in Richtung Flur.

„Du denkst doch nicht ernsthaft darüber nach, ein Baby dahin mitzunehmen? Es wird viel zu laut sein und –"

„Nein, Pyper. Ich werde Kane wecken und ihm sagen, dass wir losmüssen. Und jetzt iss deinen Käsekuchen. Du siehst zu dünn aus. Ich bin gleich wieder da." Ihr langes, rotblondes Haar wehte sanft hinter ihr her, als sie in den Flur eilte.

Ich blickte an mir herab und fragte mich, ob ich abgenommen hatte. Wenn ja, würde mein Hochzeitskleid nicht sitzen. Das könnte ein Problem sein … wenn ich es brauchte, dachte ich.

KAPITEL SECHZEHN

„Ich bin zu alt dafür", jammerte Jade, während sie auf ihren High Heels direkt vor dem *Pink Table* schwankte.

„Nein. Du bist zu müde dafür. Denn ich bin bereit, die Puppen tanzen zu lassen." Ich zog die Augenbrauen hoch, als ich das Schild über der Tür las. Aber einen Moment später gähnte ich so heftig, dass mir die Tränen in die Augen stiegen.

Sie schnaubte. „Richtig."

„Es war ein langer Tag", beharrte ich. Aber ich hatte ein Nickerchen gemacht. Der Stress musste mir zu schaffen machen. „Egal. Lass uns diesen Kindern zeigen, wie man das macht." Ich strich meinen kurzen Rock glatt, zog das glitzernde Tanktop herunter und stieß die Tür auf.

Der Laden war voll, und es kostete uns ein wenig

Mühe, uns zur Bar durchzudrängen. Aber als wir dort waren, blickte ein großer blonder Barkeeper an der Gruppe lärmender Studentenverbindungsjungen vorbei, die lauthals Shots tranken, und lächelte mich an. „Was kann ich dir bringen, Sugar?"

Seine blauen Augen strahlten, während er mein Dekolleté musterte. Es war schmeichelhaft, wenn man bedachte, dass ich wahrscheinlich zehn Jahre älter war als er, aber abgesehen von den Streicheleinheiten für mein Ego hatte ich kein Interesse an dem Jungen.

Ich beugte mich vor und sagte: „Zwei Turbo Dogs, bitte."

Er nickte und machte sich an die Arbeit, nahm zwei Gläser und zapfte das Bier.

Jade lachte und lehnte sich an die Bar, während sie den Blick durch den Club schweifen ließ.

„Was?", fragte ich, während ich auf unser Bier wartete.

„Du hast es immer noch drauf. Das ist alles." Sie zwinkerte mir zu und fügte hinzu: „Das ist mein erstes Bier seit der Geburt. Gut, dass ich vorhin abgepumpt habe, sonst würde ich ein sehr unglückliches Mädchen haben, wenn sie nur Babynahrung bekäme. Sie ist kein Fan davon."

Ich schüttelte den Kopf und unterdrückte ein Lachen, als die Studentin neben Jade ihr einen entsetzten Blick zuwarf. Ich nahm an, dass die junge Frau sich nicht für die Realitäten des Mutterseins interessierte. Gut. Zumindest würde sie einen größeren Anreiz haben, auf

Nummer sicher zu gehen, wenn sie später jemand anbaggern würde.

Mit unserem Bier in der Hand standen wir zusammen und ließen alles auf uns wirken. Der Club war gut besucht, mit vollen Tischen, während Musik aus der Soundanlage dröhnte. Die Bühne im hinteren Teil des Raums war leer, aber rechts war ein Mikrofon aufgestellt, was darauf hindeutete, dass bald irgendwas losgehen würde.

„Siehst du Kai irgendwo?", fragte mich Jade.

Ich schüttelte den Kopf. Natürlich hatte ich ihn nur auf den Überwachungsaufnahmen von früher am Tag gesehen, und das Video hatte mir nicht gerade ein klares Bild von ihm gezeigt. Ich warf einen Blick über die Schulter auf die drei Barkeeper hinter uns. Keiner von ihnen sah aus wie der dunkelhaarige Typ auf dem Video. Und keiner von ihnen trug ein Namensschild. Und es gab nur Kellnerinnen zwischen den Tischen.

Da war niemand, der Kai hätte sein können. „Vielleicht arbeitet er heute Abend nicht." Ich ließ die Schultern hängen. Wir hatten keine Zeit, immer wieder hierher zurückzukommen, bis er auftauchte. Vielleicht konnte ich meinen Barkeeper-Verehrer dazu überreden, mir seine Adresse zu geben. Ich wollte mich gerade umdrehen und mit ihm flirten, als die Lichter über der Menge gedimmt wurden und eine Frau in einem silbernen Paillettenkleid auf unglaublich hohen Absätzen auf die Bühne stakste.

„Guten Abend allerseits!", rief sie ins Mikrofon. „Ich hoffe, ihr habt alle einen fantastischen Abend."

Die Menge jubelte. „Gut, das ist sehr gut", sagte sie lächelnd. „Wir drehen hier gleich die Heizung auf. Also schmeißt eure Jacken weg und bestellt mehr Drinks, denn diese nächste Show ist der Wahnsinn. Sie ist so gut, dass Vegas angerufen hat, und heute Abend ist seine vorletzte Show hier, bevor er nach Sin City aufbricht. Willkommen Kai Pandemonium!"

Jade und ich sahen uns überrascht an. Kai war ein Künstler?

Der gut gebaute junge Mann, den ich auf dem Überwachungsvideo gesehen hatte, joggte auf die Bühne, dann folgte ihm zu meiner Überraschung die zierliche Blondine aus dem Video, gekleidet in einen roten Paillettenbody.

„Ein herzliches Willkommen für die süße Bindy!", rief Kai und winkte seiner paillettenglitzernden Partnerin zu. Die Menge jubelte ihr zu, doch sobald die Musik begann, beruhigten sie sich, und augenblicklich waren alle wie gebannt.

„Ist das der Kai, den du auf dem Video gesehen hast?", fragte Jade.

„Ja", sagte ich und erinnerte mich daran, dass Jade die Überwachungsaufnahmen bei Bea nicht gesehen hatte und nicht wusste, wie er aussah. „Und ich könnte schwören, dass *Bindy* Pamela ist."

Jade und ich standen schweigend da, während wir Kai

bei einer energiegeladenen Nummer zusahen, bei der er um Bindy herumtanzte und seine Kleidung von einem Anzug zu Jeans und einem T-Shirt zu einer Stoffhose und einem Hemd und dann wieder zurück zu einem Anzug wechselte, alles mit nur einer Handbewegung. Ohne eine Pause führte er Bindy in eine Art Glassilo, das aus dem Nichts aufgetaucht war, und schnippte mit den Fingern. Ein Vorhang umgab den Silo für einen Moment, verschwand dann und enthüllte das leere Silo, und Bindy war nirgends zu sehen.

Die Musik wurde intensiver, und am Höhepunkt warf er einen Taktstock in die Luft, gerade als Bindy von der Decke fiel, die senkrechte Stange packte und auf die Bühne schwebte, alles ohne sichtbare Drähte. Die Show ging weiter, Gegenstände erschienen und verschwanden nach Belieben, und Bindy flackerte von einem Teil der Bühne zum anderen, während Kai das Chaos mit Fingerschnippen und knappen Handbewegungen dirigierte. Als die Show vorbei war, war die Menge auf den Beinen und jubelte Bindy und Kai begeistert zu.

Jade beugte sich vor und flüsterte mir ins Ohr. „Er hat mächtige Zauberkräfte."

„Komm", sagte ich und zog sie aus dem Club auf die Frenchmen Street. „Ich kann nicht glauben, dass Kai ein verdammter Illusionist ist." Kopfschüttelnd ging ich auf und ab. „Scheint ziemlich offensichtlich, dass er derjenige war, der die Kamera manipuliert hat, oder?"

„Es könnte immer noch Pamela sein", erwiderte Jade.

„Wir können sie nicht ausschließen, bis wir mit ihr gesprochen haben."

„Aber sie ist in dieser Nacht vor Kai gegangen. Wenn sie die Beweise manipuliert hat, bedeutet das, dass sie zusammengearbeitet haben, und das macht Kai immer noch zum Hauptverdächtigen."

„Stimmt." Jade rieb sich die Augen und versuchte, ein Gähnen zu unterdrücken. „Also, was sollen wir tun? In seine Umkleidekabine platzen und Antworten verlangen?"

„Nein. Wir werden ihm nach Hause folgen und ihm dann morgen einen Besuch abstatten."

Der Club lag an einer Ecke, also ging ich die Seitenstraße hinunter und betrachtete das Tor, das eindeutig zur Rückseite des Gebäudes führte. Jade folgte mir.

„Ich werde dieses Tor im Auge behalten. Pass du auf die Vorderseite auf."

Sie nickte mir knapp zu.

Keine zwanzig Minuten später hatte ich meine High Heels in den Händen und rannte zurück zu Jade.

„Er geht", sagte ich zu ihr, als ich sie zum Auto zog. „Lass uns gehen."

Sie warf einen Blick auf meine nackten Füße, verzog das Gesicht und zog dann ihre eigenen Schuhe aus, bevor sie hinter mir her rannte. Innerhalb weniger Augenblicke rasten wir hinter einem leuchtend gelben Camaro die Straße entlang, Richtung Midtown.

Kai lebte in einem heruntergekommenen Schrotflintenhaus, dem von Sam nicht unähnlich. Nachdem er in seine Einfahrt eingebogen war, fuhr ich rechts ran und schaltete das Licht aus, um zu sehen, was er tun würde. Aber zu unserer Enttäuschung tat er nichts weiter, als aus dem Auto zu steigen und im Haus zu verschwinden. Zehn Minuten, nachdem er angekommen war, schaltete er das Licht aus, und die Fenster wurden dunkel. Er hatte keine Besucher und benutzte keine Magie – abgesehen von seinem Auftritt auf der Bühne natürlich.

„Zeit, nach Hause zu fahren?", fragte mich Jade.

Ich nickte. „Wir kommen morgen wieder und sehen, ob wir etwas Nützliches finden."

„Du willst schon wieder einbrechen?", fragte sie, aber da war kein Urteil. Keine Ermahnung. Sie und ich wussten beide, dass Regeln gebrochen werden mussten, wenn wir Sams Mörder finden wollten.

„Wir tun, was wir tun müssen, oder?"

KAPITEL SIEBZEHN

$\mathcal{M}$itten in der Nacht wurde ich von leisen Stimmen geweckt. Ich lag auf meiner Seite des Betts, Stella zusammengerollt neben mir und Stanley zu meinen Füßen, und lauschte gedankenverloren dem vertrauten Geplänkel von Bo und Julius, den beiden Männern in meinem Leben.

„Sie hat ziemlich nah am Wasser gebaut, J", sagte Bo. „Ich mache mir Sorgen um sie."

Ich riss die Augen auf und zuckte zusammen, als das helle Licht durch meine angelehnte Tür schien.

„Was meinst du mit nah am Wasser gebaut?", fragte Julius.

„Genau das. Sie fängt dauernd an zu weinen und dreht sich dann weg, als würde ich es nicht bemerken. Das ist nicht ihre Art."

Ich hatte meinen Bruder noch nie so besorgt um mich

gehört. Weinte ich so viel? Ich hatte ein paarmal geweint, aber –

„Ich glaube, sie ist vielleicht depressiv", fügte Bo hinzu.

„Ich bin nicht depressiv", rief ich aus dem Bett, jetzt wütend. Das Letzte, was ich wollte, war, dass mein Bruder und mein Verlobter meine psychische Gesundheit diskutierten. „Wenn dein Verlobter zwei Wochen vor deiner Hochzeit zum Geist wird, würde ich gern sehen, wie du damit umgehst."

Die Tür schwang auf und Julius erschien im Türrahmen. Das Licht hinter ihm ließ sein Gesicht im Schatten liegen, aber sein Lachen entging mir nicht. „Das ist ja mein temperamentvolles Mädchen."

„Ich bin nicht depressiv", sagte ich noch einmal. „Ich bin nur gestresst."

Bo tauchte hinter Julius auf. „Also, was hätte ich deiner Meinung nach denken sollen? Du hast mir nichts weiter als einsilbige Antworten gegeben, seit Julius von diesem Zauber getroffen wurde."

Ich setzte mich im Bett auf, zog Stella an mich und biss mir auf die Unterlippe. Er hatte recht. Als Julius ins Zimmer kam, warf ich Bo einen Blick zu und sagte: „Tut mir leid. Es ist einfach schwer, hier in der Wohnung zu sein und nicht zu wissen, wann oder ob Julius auftaucht."

Julius holte scharf Luft, während Bo mir einen mitfühlenden Blick zuwarf. „Es tut mir leid, Pyper", sagte Bo. „Das ist ... hart."

„Mir tut es auch leid. Ich wollte dich nicht beunruhigen."

Er folgte, gab mir einen Kuss auf die Wange und drehte sich zu Julius um. „Ich gehe wieder schlafen. Pass auf meine Schwester auf, okay?"

„Immer", sagte Julius.

Stella sprang aus dem Bett, Stanley dicht hinter ihr, und beide folgten Bo zur Tür hinaus und ließen mich und Julius allein. Er verlor keine Zeit, zog Jeans und T-Shirt aus, kletterte dann ins Bett, schlang seine Arme um mich und drückte seine Brust gegen meinen Rücken.

„Ich vermisse dich, Baby", sagte er leise und küsste meinen Nacken.

Seine sanfte Berührung ließ mich erschauern. „Ich dich auch."

Wir redeten leise bis in die Nacht, während ich ihn über unsere Fortschritte auf den Laufenden brachte. Er murmelte beruhigend auf mich ein, dass alles gut werden würde. Und als ich am nächsten Morgen allein aufwachte, war ich entschlossener denn je, Sams Mörder zu finden.

ICH VERBRACHTE DEN MORGEN DAMIT, jeden Kosmetikladen der Stadt abzuklappern und nach Pamela zu suchen, aber ohne Erfolg. Niemand kannte jemanden mit diesem Namen und ich begann zu glauben, dass

Adrian falsch informiert war. Nachdem ich im *Grind* eine große Latte getrunken und mich bei Charlie gemeldet hatte, ging ich zurück zu Jades Haus.

„Hey", sagte Jade, als ich ihre Küche betrat. Juliet kuschelte sich in einer Babytrage an Jades Brust, während sie einen Salat machte. „Hungrig?"

Nein. „Sicher."

Ich deckte den Tisch, während sie weiter das Mittagessen zubereitete.

Als wir uns an den Tisch setzten und Juliet sich in einem Laufstall vergnügte, musterte sie mich, anstatt sich über den köstlichen Ziegenkäse-Walnuss-Salat herzumachen. „An dir ist etwas anders."

Ich stöhnte. „Nicht du auch noch!"

Sie hob eine Augenbraue. „Was soll das heißen?"

„Bo denkt, ich bin depressiv." Ich spießte mir den Salat auf die Gabel. Der würzige Geschmack des Ziegenkäses hätte mich genussvoll die Augen verdrehen lassen sollen. Stattdessen zwang ich mich zu kauen und würgte ihn hinunter, schmeckte aber kaum etwas.

„Du bist nur gestresst."

„Das habe ich auch gesagt." Ich trank einen Schluck von der Latte, die vor mir stand, und seufzte. „Ich will nur, dass dieser Fall vorankommt. Dann habe ich wenigstens das Gefühl, was Sinnvolles zu tun."

Jade sagte nichts, während sie mich musterte. Schließlich umspielte ein kleines Lächeln ihre Lippen, das aber genauso schnell wieder verschwand, als sie sich wieder ihrem Salat zuwandte.

„Was?", fragte ich. Sie zuckte mit einer Schulter. „Nichts. Ich wollte nur nachsehen, ob du depressiv bist. Das bist du nicht."

Empathin. Nun, das wusste ich schon, aber es war schön, eine Bestätigung zu bekommen. „Eben."

Ich wartete geduldig, bis Jade ihren Salat aufgegessen hatte, und räumte dann das Geschirr ab, während sie sich um Juliet kümmerte. Es dauerte nicht lange, bis das Geschirr fertig war; dann sah ich zu, wie sie sich um ihr Kind sorgte, und spürte, wie sich eine Wärme bis in meine Zehen ausbreitete. Meine Güte, wie sehr ich das wollte, was sie hatte!

„Es wird passieren", sagte Jade leise.

Ich erschrak, als mir klar wurde, dass sie mich ansah. „Was, du kannst jetzt meine Gedanken hören?"

„Nein. Aber es ist nicht schwer, die Sehnsucht in deinen Augen zu sehen." Sie ging an mir vorbei und drückte meine Schulter. „Lass uns gehen. Wir haben einen Illusionisten zu beobachten."

Eine Stunde später hatten wir Juliet bei Kane abgesetzt, und Jade und ich saßen vor Kais Haus und beobachteten es. Jetzt musste er nur noch gehen, dann konnten wir sein Haus nach belastenden Beweisen durchsuchen.

Zum Glück dauerte das nicht lange. Wir waren noch keine halbe Stunde dort, als er das Haus verließ und in seinen Ford Escape stieg. Als sein Auto außer Sichtweite war, stiegen wir aus meinem VW Käfer und eilten auf seine Veranda. Wäre Jade keine Hexe gewesen, hätten wir versucht, uns besser zu verstecken, aber es war kein Problem für sie, mit Zauberei eine verschlossene Tür zu öffnen.

„Hoffen wir –", begann Jade.

Sie wurde durch das Schrillen einer Alarmanlage unterbrochen.

„Scheiße." Sie rannte ins Haus, hob die Arme und rief etwas auf Latein. Der Alarm verstummte sofort. „Komm rein und mach die Tür zu."

Ich kam mir wie ein Idiot vor und gehorchte. „Tut mir leid."

„Wenn die Sterne uns gewogen sind, sind alle Nachbarn bei der Arbeit", sagte sie und strich sich die Haare aus dem Gesicht.

Wir drehten uns beide um und sahen uns die Kuriositäten an, die im ganzen Wohnbereich verstreut lagen. Da war ein Hula-Hoop-Reifen, ein Einrad, ein Clownskostüm, ein Smoking und ein Zylinder, verschiedene Showgirl-Kleider und so ziemlich alles, was man sich für eine bunte Varieté-Show vorstellen konnte.

„Er sieht aus, als wäre er ein Typ, mit dem man Spaß haben kann", sagte ich.

Jade kicherte. „Ich schätze, er hat so ziemlich alles ausprobiert, bevor er seine aktuelle Show auf die Beine gestellt hat."

„Sieht so aus. Lass uns anfangen. Wonach suchen wir?" Ich durchsuchte eine Holzkiste voller Bücher und Glasfläschchen mit Zaubertränken.

„Alles, was mit Magie zu tun hat."

Ich nickte und zog den Dolch heraus, den ich in meine Gesäßtasche gesteckt hatte. „Verstanden."

„Jag mit dem Ding nichts in die Luft", sagte sie und beäugte meinen Dolch.

Ich kicherte. „Das werde ich nicht. Er leuchtet, wenn es in die Nähe lebendiger Magie kommt. Siehst du." Ich drückte die stumpfe Kante der Klinge auf ihre Haut und der Edelstein am Griff begann zu leuchten.

„Nett." Sie lächelte mich aufmunternd an. „Lass uns das machen."

Jade verschwand zum hinteren Teil des Hauses, während ich die nächste Stunde damit verbrachte, mit meiner Klinge in Kais ganzen komischen Zirkuskram herumzustöbern. Nichts davon brachte das Messer zum Leuchten, außer einem Tarotkartenspiel, das mit nackten Hexen verziert war. Natürlich. Seufzend nahm ich das Kartenspiel und machte mich auf die Suche nach Jade. Aber sie war weder in der Küche noch im Schlafzimmer.

„Jade?", rief ich und steckte meinen Kopf ins Badezimmer.

Keine Antwort.

Meine Haut begann vor Unbehagen zu prickeln. Irgendetwas stimmte ganz und gar nicht.

Ich bewegte mich langsamer und schlich vorsichtig

zurück in die Küche, den Dolch fest in der Hand. Jade wäre nicht einfach gegangen, ohne es mir zu sagen. Ich ließ meinen Blick durch den heruntergekommenen Raum schweifen, betrachtete das schmuddelige beige Linoleum und die Holzschränke, die aus den Sechzigern stammten. Mein Blick fiel auf die mit Rosen bedruckte Tapete, sie sich an den Ecken von der Wand löste. Ich wollte gerade wieder ins Wohnzimmer gehen, als etwas an der Wand hinter dem Plastik-Esszimmertisch meine Aufmerksamkeit erregte.

Das Muster passte nicht. Und nicht so, wie wenn man das Muster nicht richtig ansetzt. Nein, das Muster war in einem perfekten Kreis unterbrochen und schnitt mitten durch die verblassten Rosen. Ich ging zur Wand und drückte den Dolch an den Kreis.

Magie huschte über die Wand und blitzte so hell auf, dass sie mich fast blendete. Ich stolperte zurück, schlug mit dem Rücken gegen den Plastiktisch und blinzelte zu einem großen Pentagramm auf, das an der Wand befestigt war ... mit Jade in Handschellen in der Mitte.

„Heilige Scheiße, Jade! Was—"

„Willkommen auf der Party, Pyper Rayne", sagte eine sanfte Stimme hinter mir.

Ich umklammerte den Dolch fester und drehte mich um. Kai schwebte mitten in der Küche.

KAPITEL ACHTZEHN

„Was zum Teufel machst du da?", fragte ich, und mein ganzer Körper zitterte vor unkontrollierbarer Wut. „Lass Jade frei."

Er warf den Kopf in den Nacken und lachte. „Du hast Mut. Das muss ich dir lassen."

„Ich habe einen Dolch und habe keine Angst, ihn zu benutzen", plusterte ich mich auf. Ich war zwar nicht scharf darauf, mein Messer gegen einen Menschen einzusetzen, aber ich würde es tun, wenn es bedeutete, Jade vor dem zu retten, was er mit ihr vorhatte, was auch immer das war. Denn wenn er es geschafft hatte, sie zu fesseln, bedeutete das, dass er ein wirklich mächtiger Hexenmeister war, den man nicht unterschätzen durfte.

„Nur zu." Er streckte die Hände nach beiden Seiten aus und zeigte mir die magischen Kugeln, die schon an seinen Handflächen klebten.

Scheiße. Ich blickte über meine Schulter zu Jade und bemerkte zum ersten Mal, dass sie einen Knebel im Mund hatte. Kein Wunder, dass sie so still gewesen war. Ihre Augen weiteten sich und plötzlich stieg Panik in mir auf. Instinktiv ließ ich mich zu Boden fallen, als einer von Kais magischen Feuerbällen über meinen Kopf rauschte.

„Was zum Teufel, du Idiot? Was ist dein Problem?"

Der zweite Feuerball flog auf mich zu, aber ich war schnell mit meinem Dolch und stoppte ihn mit der Klinge. Der Ball löste sich auf, als er auf den Stahl traf. Mein Herz hämmerte gegen meinen Brustkorb, als ich mich abrollte und auf die Füße kam.

Kai war weg, aber nachdem ich seine Show gesehen hatte, traute ich nicht, was ich nicht sehen konnte. „Ich weiß, dass du da bist. Was willst du von uns? Warum hast du Jade an das Pentagramm gefesselt?"

Stille.

Ich konnte das nicht alleine machen. Ich brauchte meine Lieblingshexe. Ich traf eine Entscheidung im Bruchteil einer Sekunde, stürzte auf sie zu und stach mit meinem Dolch in das Pentagramm und betete, dass es funktionieren würde.

Ein kleiner Funke huschte über den Rahmen des Pentagramms und ließ Jade zusammenzucken, als er ihre Handschellen und Fesseln erreichte, aber es reichte nicht, um die Fesseln zu lösen.

„Da musst du dir schon was Besseres einfallen lassen", sagte Kai, als er sich direkt neben mir materialisierte.

Ich warf ihm einen bösen Blick zu. „Was willst du von uns?"

„Nichts. Ihr seid doch diejenigen, die bei mir eingebrochen seid, oder?" Magie glühte wieder in seinen Handflächen und ich hatte keinen Zweifel, dass er die Absicht hatte, sie gegen mich einzusetzen.

Ich wich zurück ins Wohnzimmer, wurde aber von einer unsichtbaren Barriere aufgehalten, die mich daran hinderte, die Küche zu verlassen. „Wir haben nur nach Informationen gesucht."

Er schnaubte. „Natürlich. Ihr wollt mir einen Mord anhängen. Das habe ich schon verstanden. Aber weißt du was? Ich bin morgen hier weg, um mir den Traum meines Lebens zu erfüllen, und zwei aufdringliche Schlampen werden mich nicht aufhalten. Vor allem, da es nicht meine Schuld ist, dass Sam diesen Trank getrunken hat. Sie wurde gewarnt, dass er gefährlich sein könnte."

„Also hast du ihr den Trank gegeben, der sie getötet hat?", fragte ich und kam gleich zur Sache. Wenn er mich schon töten bringen wollte, würde ich verdammt nochmal die Antworten bekommen, nach denen ich suchte.

„Gegeben ist nicht ganz das richtige Wort. Aber ich habe ihn geliefert." Er zuckte die Achseln. „Es war ein Unfall. Sowas passiert."

Wut kochte in meinen Adern. Er hatte Sam einen Trank geliefert, der sie getötet hat, und er tat so, als wäre das keine große Sache. „Eine Frau ist gestorben, Kai. Bedeutet das denn gar nichts für dich?"

Seine silbernen Augen verengten sich und seine Lippen verzogen sich angewidert. „Natürlich tut es das. Aber was soll ich machen? Mein ganzes Leben lang um sie trauern? Sie hatte freien Willen. Niemand hat sie gezwungen, diesen Mist zu trinken."

Tat er ernsthaft so, als hätte sie eine Überdosis genommen oder sowas? „Was dachte sie, dass der Trank ihr bringen würde?"

„Gewichtsverlust. Sie hatte ein paar Monate lang eine ähnliche Version genommen. Diesmal wollte sie was Stärkeres." Etwas, das sehr nach Bedauern aussah, huschte durch seinen Blick, aber er blinzelte und es war verschwunden, ersetzt durch Gleichgültigkeit. „Diese Art von Mädchen versucht verzweifelt, ihr Gewicht zu halten. Für den Job." Er musterte meinen Körper und nickte. „Du weißt, wie das ist."

„Nein, das weiß ich nicht", bellte ich zurück. „Wenn das ein Unfall war, warum ist Jade dann an ein Pentagramm gefesselt und geknebelt?"

Er sah zu der Anführerin des Zirkels auf und seine Lippen verzogen sich zu einem langsamen Lächeln. „Deine Freundin da hat gedroht, mich auszuliefern. Und das kann ich nicht zulassen. Wenn dieser Trank zu mir zurückverfolgt wird, sind meine Tage in Vegas vorbei, bevor sie überhaupt angefangen haben. Also wird sie genau dort bleiben, bis sie mich und alles andere, was sie in der letzten Woche gesehen hat, vergessen hat."

Ohne Vorwarnung schleuderte er einen seiner Feuerbälle aus Magie direkt auf Jades Brust.

Ich schrie, da ich wusste, dass sie sich nicht wehren konnte, aber in letzter Sekunde brachen ihre Fesseln und Handschellen und sie sprang zu Boden und riss sich den schwarzen Seidenknebel aus dem Mund. Kais Magie schlug in die Wand ein und hinterließ ein klaffendes Loch, das so groß war, dass es aussah, als wäre Jade in eine Million kleiner Stücke zerfetzt worden.

„Heute nicht, Satan!", keuchte Jade und streckte beide Hände aus, um ihre Magie in ihn zu schießen.

Er verschwand wieder, und diesmal war es Jades Magie, die ein riesiges Loch riss – mitten durch die Schränke an der Wand.

„Geh!" Jade deutete in Richtung Wohnzimmer. „Schnapp ihn dir, bevor er abhaut."

Ich zögerte nicht. Wenn Jade dachte, dass er in diese Richtung unterwegs war, würde ich nicht widersprechen.

„Da." Sie zeigte auf einen Schrank an der gegenüberliegenden Wand.

Ich warf meine Klinge so schnell, dass selbst ich von der Geschwindigkeit erschrocken war. Aber der Dolch traf sein Ziel und zerschmetterte die Illusion, hinter der sich Kai versteckt hatte. Welchen Zauber er auch benutzt hatte, er zerfiel und er stand in einem leuchtend roten

Minislip vor dem Schrank und versuchte, sich in eine Salsahose mit roten Fransen zu zwängen.

Jade knurrte und stürzte auf ihn zu. Ihre Magie strömte wie Seile hervor, schlang sich um seine Handgelenke und Knöchel und verankerte ihn auf dem Holzboden.

Sein Gesicht wurde vor Anstrengung dunkelrot, als er versuchte, seine eigene Magie zu rufen, dann stieß er eine Reihe von Schimpfwörtern aus, als klar war, dass Jade seinen eigenen Zauber gegen ihn gerichtet hatte. Er würde nicht freikommen, bis wir es wollten.

„Lass mich los. Ich war es nicht!", zeterte er. „Es war Pamela. Ich schwöre es. Sie hat mich gebeten, ihr den Trank zu bringen. Sie hat mir gesagt, es sei ein Witz. Ich wollte niemanden verletzen. Es war ein Unfall. Niemand sollte sterben!"

Jade sah mich schwer atmend an und sagte: „Danke."

„Wofür? Du hast die ganze Arbeit gemacht."

Meine Hände zitterten, eine verzögerte Reaktion auf den Stress, den ich empfunden hatte, als ich sie gefesselt und geknebelt gesehen hatte.

„Dein Dolch. Er hat die Fesseln gelockert. Ich habe nur auf den richtigen Moment gewartet, um ihn zu überraschen." Ihr Gesicht war angewidert verzogen, als sie auf ihn zuging. „Weißt du, du hast mich nur dank deiner herausragenden Fähigkeiten als Illusionist erwischt. Ich dachte, ich hätte jemanden hinter mir gespürt. Wenn ich auf meine Instinkte gehört hätte anstatt auf meine Magie, hätte ich dich schon vor einer Stunde gefesselt."

Heilige Scheiße. Hing sie schon so lange an dieser Wand?

Sie drehte sich zu mir um. „Seine Fähigkeiten als Illusionist haben seine Gefühle verborgen. Ich hätte schwören können, dass ich gehört habe, wie die Hintertür aufgegangen ist, aber als ich keine Emotionen gespürt habe, habe ich es dem Wind zugeschrieben, der an der Tür gerüttelt hat." Sie schüttelte den Kopf. „Das passiert mir nicht nochmal."

„Also hat er sich an dich herangeschlichen und dich bewusstlos geschlagen?", vermutete ich.

Sie nickte. „Arschloch."

Ein Schauer lief mir den Rücken hinunter. Was, wenn ich nicht da gewesen wäre, um zu helfen? Was, wenn mein Dolch den Zauber nicht genug geschwächt hätte?

„Hör auf", befahl Jade. „Wir sind okay. Und wir haben gerade herausgefunden, was mit Sam passiert ist. Lass uns einfach den Rat anrufen und später bei einem Eis ausflippen, okay?"

Ich nickte und drehte mich zu ihm um. „Was hast du gemeint, als du gesagt hast, Pamela hätte dich gebeten, den Trank zu bringen?"

„Egal. Ich sage nichts mehr, es sei denn, ihr lasst mich frei", spie er.

Ich zuckte die Achseln und sah Jade an. „Bereit, den Rat anzurufen?"

Sie nickte und holte ihr Handy heraus.

DIE RATSHEXEN LIESSEN sich viel Zeit, um zu Kais Haus zu kommen. Aber das gab uns die Gelegenheit, alles noch einmal durchzugehen und nach Beweisen zu suchen. Wie sich herausstellte, hatte er den Trank in seiner Küche gebraut und den Topf, den er benutzt hatte, nicht abgewaschen.

„Hab' dich", sagte Jade, als sie den Topf zusammen mit einem Dutzend anderer illegaler, magisch verstärkter Gegenstände beiseitestellte.

Die Tarotkarten gehörten auch dazu. Offenbar hatte der Rat ein Gesetz erlassen, das Hexen das Verzaubern von Karten verbot. Jade sagte, es habe damit zu tun, dass es zu gefährlich sei – Karten hätten bereits ihre eigene Magie und sie zu verzaubern, würde nichts als Ärger bringen. Also legte ich die Karten zusammen mit ein paar anderen Tränken, einer verfluchten Pistole, Pentagrammen, menschlichen Knochen, diversen Vogelfedern und einer ganzen Kiste Voodoo-Puppen beiseite, die alle mit schwarzer Magie belegt waren.

„Ein wirklich aufrechter Bürger", bemerkte ich. „Und er wollte mit Sam ausgehen?"

„Ich wollte *nicht* mit ihr ausgehen", sagte er mit verächtlichem Ton. „Pamela–" er verkniff sich das, was er gerade sagen wollte, und wandte den Blick ab.

„Pamela was?", fragte Jade und ging auf ihn zu.

„Pamela hat sie gedatet", sagte er und kniff die Augen zusammen.

„Ja, das wissen wir", sagte ich und verschränkte die Arme vor der Brust. „Woher kennst du sie?"

„Das ist egal."

Jade versuchte noch ein paarmal, die Verbindung zu ergründen, aber er weigerte sich, noch mehr zu sagen. „Okay. Aber wenn du die Klappe halten willst und sie darin verwickelt ist, wirst du am Ende die Schuld bekommen und sie kommt damit davon."

Er knurrte leise, sagte aber nichts weiter.

Die Haustür flog auf und drei Ratshexen kamen herein. Die leitende Hexe kannten wir gut. Es war noch nicht lange her, dass sie uns dazu überredet hatte, für den Rat an einem Drachenfall zu arbeiten.

„Miss Calhoun, Miss Rayne, ich kann nicht behaupten, dass es mir eine Freude ist, Sie wiederzusehen", sagte Madam Tempest und betrachtete uns misstrauisch. „In welche Art Schwierigkeiten sind Sie heute Abend geraten?"

Jade zitterte vor Frustration, als sie auf die weißhaarige Hexe zutrat. „Madam Tempest, wir haben es hier mit einem geständigen Mörder zu tun. Außerdem hat er mich heute Abend mit Magie gefesselt, um mich auf unbestimmte Zeit festzuhalten. Nachdem Pyper und ich ihn neutralisiert haben, haben wir eine Menge verbotene Objekte gefunden, die Sie interessieren dürften." Sie wies mit einer Hand auf die Gegenstände, die wir gesammelt hatten. „Er ist derjenige, der den Trank gebraut hat, der Sam getötet hat. Ich wäre Ihnen dankbar, wenn Sie dem NOPD diesen Fall abnehmen würden, jetzt, da wir tatsächlich Beweise haben."

Madam Tempest musterte Jade mit Argwohn in ihrem Blick. „Sie erzählen mir nicht alles."

Jade seufzte. „Nun, wir sind eingebrochen, um nach Beweisen zu suchen. Er hat uns hier gefunden und anstatt uns gehen zu lassen, hat er beschlossen, schwarze Magie anzuwenden."

Ein Muskel in ihrem Kiefer zuckte. „Wir dulden Einbrüche nicht. Das wissen Sie, Miss Calhoun."

„Das weiß ich. Aber ich kann nicht einfach dasitzen und Julius Jackson in einem Zustand zwischen Leben und Tod lassen, während der Rat nichts unternimmt, um ihm zu helfen. Manchmal müssen Hexen die Dinge selbst in die Hand nehmen."

Die Ratshexe schnaubte tatsächlich. „Manchmal? Das ist aber großzügig von Ihnen."

Jade ließ sich von ihr nicht aus der Ruhe bringen. Ich hingegen schwitzte. Würde sie alles, was wir fanden, ignorieren, nur weil wir ein menschliches Gesetz gebrochen hatten? Soweit ich wusste, waren die

Hexengesetze da viel lockerer.

„Wir tun, was wir tun müssen", sagte Jade.

Madam Tempest nickte und ging in die Mitte des Raumes. Sie zog mit ihrem Finger einen imaginären Kreis um sich und sagte: „Offenbare!"

In ihrem Kreis erschien eine Szene, in der Kai in seiner Küche stand und etwas an seinem Herd zubereitete. Sie beobachtete aufmerksam, wie er eine Zutat nach der anderen in den Topf rührte. Dann wechselte die Szene und zeigte, wie Kai Sam den Trank übergab und sie ermutigte, ihn zu trinken. Er hatte ihr tatsächlich gesagt, dass er ihr beim Abnehmen helfen würde. Seine Behauptung, er hätte sie gewarnt, dass der Trank gefährlich sei, war eine dreiste Lüge gewesen.

Und um alles noch schlimmer zu machen, hatte er nach ihrem Zusammenbruch einen Zauberspruch gesprochen, der es so aussehen ließ, als läge Sam friedlich im Bett, während sie in Wirklichkeit leblos am Boden lag.

Das erklärte, warum Charlie nicht gewusst hatte, dass Sam gestorben war. Sie hatte sie wahrscheinlich schlafen sehen und war leise gegangen, um sie nicht zu wecken.

Die Szene änderte sich erneut, diesmal zu dem Moment, als Kai Jade in seiner Küche entdeckt hatte, wo sie seine Schubladen durchsuchte. Der Zauber hatte sie ohne Vorwarnung hart und schnell in den Rücken getroffen. Wenn sie ihn nicht gespürt hätte, hatte sie keine Chance gehabt, sich zu verteidigen.

„Das war überaus unhöflich, Mr. Kai", schalt Madam Tempest ihn.

Ich konnte nicht fassen, dass sie nichts gesagt hatte, als sie Sams Tod beobachtet hatte, ihn aber wegen seiner Umgangsformen schalt. Heilige Scheiße, Ratshexen waren kalt.

Die Szene spielte sich ab und zeigte uns genau, was Jade dem Rat beschrieben hatte. Madam Tempest schnippte mit den Fingern und wandte sich an ihre beiden Begleiter. „Fesseln Sie ihn." Sie wandte sich Jade zu. „Danke, dass Sie uns darauf aufmerksam gemacht haben. Sagen Sie Ihrer Freundin Charlie, ich werde persönlich das NOPD anrufen, um den Fall an den Rat zu übertragen. Sie ist keine Verdächtige mehr, aber sie wird möglicherweise als Zeugin aufgerufen werden."

„Das sage ich ihr gern." Jade strahlte sie an.

„Versuchen Sie, sich aus Ärger rauszuhalten, Miss Calhoun. Wir sehen uns viel zu oft."

Jade öffnete den Mund, um zu antworten, aber bevor sie ein Wort herausbringen konnte, waren Kai und die drei Ratshexen verschwunden.

„Das war alles?", flüsterte ich und drückte meine Hand auf meinen Mund, während ich versuchte, mich selbst davon zu überzeugen, dass es bedeutete, dass Julius für immer nach Hause kommen würde. „Es ist vorbei? Wir wissen, wer Sam getötet hat. Jetzt sollte sie Julius gehen lassen, oder?"

„Sieht ganz danach aus." Sie strahlte mich an. „Ruf du

Bea an. Ich rufe Lucien an. Wir müssen ein paar Geister beschwören."

Aber eine leise Stimme in meinem Hinterkopf erinnerte mich daran, dass wir immer noch nicht wussten, warum Kai sie getötet hatte. Ich schüttelte den Kopf und verdrängte den Gedanken. Sicherlich würde das bald genug herauskommen. Oder?

KAPITEL NEUNZEHN

*D*er Mond stand hoch am Himmel und beleuchtete den Kreis der Hexen in der Nähe des Mississippi. Am Ende riefen wir Bea, Lucien und Rosalee, ein weiteres langjähriges Mitglied des Zirkels, zusammen, damit eine mächtige Hexe alle vier Richtungen des Kreises bewachte. Wir wollten kein Risiko eingehen, dass Sam nicht auftauchte oder, schlimmer noch, Julius zurückhielt.

„Pyper, bitte nimm deinen Platz in der Mitte ein", sagte Jade. „Du wirst Julius' Anker sein."

Ich eilte in die Mitte des Kreises und versuchte, meine Zweifel mit Gedanken zu übertönen, Julius mit nach Hause zu nehmen.

Ehe ich mich versah, hatten Jade und Bea Kerzen um den Kreis aufgestellt und die vier standen an ihren jeweiligen Plätzen; Jade blickte nach Norden, Bea nach Süden, Lucien nach Osten und Rosalee nach Westen.

Jade hob ihre Hände und die Kerzen erwachten sofort zum Leben. Magie strömte aus ihren Fingerspitzen und erreichte sowohl Lucien als auch Rosalee und schließlich Bea. Der Rest der Welt hörte auf zu existieren und alles, was ich sah, war strahlende Magie und ein Vollmond am Himmel.

„Göttin der anderen Welt, höre meinen Ruf", rief Jade in die kalte Nacht. „Bring uns die Geister von Julius Jackson und Samantha Burke. Wir rufen sie mit Liebe und Mitgefühl und Wahrheit und Wissen herbei. Hilf uns, die Ketten zu brechen, die sie aneinander, an die andere Welt und an das Böse, das da oben lauert, binden!"

Magie knisterte am Himmel, kreiste wild und verschwand dann und brachte nichts außer einer sanften Brise in den Kreis.

Jade blieb ganz still, ihre Augen geschlossen, ihre Magie pulsierte noch immer im Kreis. Dann wiederholte sie ihren Gesang, immer und immer und immer wieder, während die Magie sich aufbaute und mit jedem Moment stärker und wilder wurde.

Dann verstummte sie plötzlich und ein lauter Knall zerriss die folgende Stille, als hätten wir ein Feuerwerk gezündet. Die Magie schoss in die Luft, zersplitterte und Funken fielen zu Boden.

„Willkommen zurück", sagte Jade.

Meine Augen weiteten sich, als ich mich im Kreis

umsah und nichts als Dunkelheit entdeckte. „Wo ist er?", fragte ich.

„Genau hier, Pyper." Die Stimme war direkt über mir, und als ich aufblickte, schwebte Julius langsam herab, als hätte Jades Magie ihn direkt vom Himmel geholt.

Ich stieß einen langen, zitternden Seufzer aus, als seine Füße endlich den Boden berührten. Ich schlang meine Arme fest um ihn und hielt ihn fest. „Bist du diesmal wirklich zurück?"

„Ich glaube schon", flüsterte er mir ins Ohr. „Es fühlt sich so an."

„Nur wenn du weißt, wer mich getötet hat", rief eine ungeduldige Stimme.

Ich blickte über Julius' Schulter und entdeckte Sam in ihrer Geistergestalt, die am Rand des Kreises stand, eine Hand in die Hüfte gestemmt.

„Es war Kai", sagte ich. „Er hat dir einen Trank zum Abnehmen gegeben und du hast anscheinend eine Überdosis getrunken." Ich hatte auf dem Weg hierher beschlossen, diesen letzten Teil hinzuzufügen. Es stimmte wahrscheinlich, oder? Wie auch immer, Kai hatte sie getötet, also hatten wir zumindest diesen Teil gelöst.

„Überdosis, von wegen", sagte sie. „Dieser Idiot muss den Trank vermasselt haben."

„Okay", sagte ich, weil ich nicht mit ihr streiten wollte.

Sam presste die Finger auf die Lippen und runzelte die Stirn. „Deshalb bin ich gestorben?"

„Sieht so aus", fügte Jade hinzu. „Es kann keine Überraschung sein, dass Diättränke gefährlich sind."

„Verdammt nochmal! Ich wollte doch nur fünf Pfund abnehmen. Das ist scheiße." Sie wirbelte herum, schüttelte ihre Fäuste in der Luft und schien einen Wutanfall zu haben. Als sie sich beruhigte, starrte sie mich direkt an und sagte: „Tut mir leid wegen des Ärgers mit deinem Verlobten. Ich dachte wirklich, das hätte mit meiner Ex zu tun."

Und bevor ich antworten konnte, verschwand sie wieder im Äther.

Wir starrten alle auf die Stelle, an der sie gerade noch gewesen war. Als sie nicht wieder auftauchte, stieß ich ein ersticktes Lachen aus, sprang hoch und schlang meine Beine um Julius zu einer Ganzkörperumarmung.

Er wirbelte mich herum und sagte: „Ich habe dich auch vermisst, Liebes. Jetzt bring mich nach Hause, damit ich dich die ganze Nacht in meinen Armen halten kann."

„Das sollte besser so sein, sonst werde ich diesmal einen Weg finden, diesen verdammten Geist zu verfluchen", sagte ich und starrte in seine funkelnden grünen Augen. „Niemand darf dich mir nochmal wegnehmen."

Er beugte sich so weit zu mir vor, dass sich unsere Lippen fast berührten, bevor er flüsterte: „Gleichfalls, Baby."

„Küss mich."

Seine wunderschönen Lippen verzogen sich zu einem Lächeln, bevor er sie über meine strich.

Ich vergrub meine Finger in seinem zu langen Haar und presste meine Lippen auf seine, küsste ihn mit allem, was ich hatte. Er stieß einen kleinen überraschten Seufzer aus, bevor er gab, was er hatte.

Es dauerte nicht lange, bis die vier Hexen, die unsere sehr öffentliche Zurschaustellung von Zuneigung beobachtet hatten, anfingen, zu jubeln und ihre Zustimmung zu schreien.

Wir lösten uns voneinander und ich spürte, wie meine Wangen vor Verlegenheit heiß wurden. Aber Julius ergriff einfach meine Hand, zwinkerte und sagte: „Komm. Es ist Zeit, dass wir uns ein Zimmer suchen."

AM NÄCHSTEN MORGEN erwachte ich mit einem Lächeln im Gesicht an einen großen Mann geschmiegt, der mich festhielt. Die Morgensonne schien durch die Fenster und beleuchtete Julius' wunderschönes Gesicht.

„Guten Morgen, schöne Frau", sagte er mit heiserer und schlaftrunkener Stimme.

„Morgen." Ich lächelte ihm in die Augen und kuschelte mich näher an ihn. „Ich glaube, ich war in meinem ganzen Leben noch nie so zufrieden."

Er hob eine Augenbraue und blickte schnell auf meinen nackten Körper hinunter.

Ich kicherte. Wirklich. Wer war ich? Während er auf halbem Weg zwischen tot und lebendig gewesen war, war ich ein weinendes Häuflein Elend gewesen. Und jetzt, wo er zurück war, hörte ich mich wie ein Schulmädchen an. Aber als ich ihn ansah, schlanke Muskeln und ein hübsches Gesicht, beschloss ich, dass es mir egal war. Mein Verlobter war wieder in meinen Armen und ich war glücklich. Zufrieden. Geradezu ausgelassen. Und daran war nichts auszusetzen.

„Ich finde, das klingt nach einer Herausforderung", knurrte er und drehte mich um, bevor er sich auf meinem Körper niederließ.

„Oh? Du glaubst, du kannst das besser?", grinste ich.

„Das wirst du gleich herausfinden." Plötzlich waren seine Lippen und Hände überall und ich genoss es, mich in ihm zu verlieren.

Eine Stunde später, nachdem Julius bewiesen hatte, dass er es tatsächlich besser konnte, lagen wir auf der Seite, einander zugewandt. Ich ließ eine Hand seine Rippen hinunter bis zu seiner Hüfte gleiten, einfach weil ich nicht aufhören konnte, ihn zu berühren. Er hatte ein zufriedenes Lächeln im Gesicht und Liebe strahlte in seinen Augen.

„Ich wünschte, die Hochzeit wäre heute", sagte ich.

„Aber Braut und Bräutigam sollen die Ehe doch nicht direkt vor der Hochzeit vollziehen, oder?", lachte er.

Ich lachte. „Wir machen nichts, wie die Tradition es

verlangt, Babe. Glaubst du wirklich, dass wir die Nacht vor unserer Hochzeit getrennt verbringen werden?"

Er schüttelte den Kopf. „Ich werde dich nie wieder aus den Augen lassen."

„Nie wieder?", fragte ich. „Das ist verdammt viel Zweisamkeit."

„Es wird sich lohnen", sagte er träge.

„Du hast wahrscheinlich recht. Schade, dass wir beide Jobs haben."

Er kicherte. „Daran müssen wir arbeiten."

Ich wollte mich zu einem weiteren Kuss vorbeugen, aber mein Handy klingelte.

Julius' Hand schloss sich fester um meine Hüfte und hielt mich davon ab, mich umzudrehen, um es zu nehmen. „Nein. Lass es auf die Mailbox gehen. Ich bin noch nicht bereit, den Rest der Welt reinzulassen."

„Es könnte jemand von der Grind sein." Ich drückte ihm einen Kuss auf den Mundwinkel, bevor ich mich umdrehte und nach dem Handy griff. Beas Name blinkte auf dem Display. „Den muss ich annehmen", sagte ich und zeigte ihm das Display. „Bea? Was ist los?"

„Guten Morgen, Pyper. Ich hoffe, ich habe euch nicht geweckt."

„Nein. Überhaupt nicht. Was gibt's?" Ich setzte mich auf und zog die Daunendecke über meinen Körper, um mich gegen die Dezemberkälte zu schützen.

„Zwei Dinge. Ich habe vom Rat gehört, dass alle Anklagen offiziell fallengelassen wurden und Charlie nicht mehr als Verdächtige gilt. Ich bin sicher, ihre Anwältin hat bereits Kontakt mit ihr aufgenommen."

„Das ist gut." Obwohl Madam Tempest das am Tag zuvor gesagt hatte, war es trotzdem schön, eine Bestätigung zu bekommen.

„Und Madam Tempest hatte mich gebeten, Sams Fall weiter zu untersuchen. Sie wissen, dass Kai den Trank gebraut hat, der sie getötet hat, aber in dem Trank, den er verwendet hat, sind Reste der magischen Signatur einer anderen Person. Es könnte also einen Komplizen geben."

„Pamela?", fragte ich.

„Ich bin mir nicht sicher. Sie haben mich gebeten, die Magie aufzuspüren, und dafür muss ich unvoreingenommen sein, also versuche ich, keine Schlüsse zu ziehen. Ich wollte dich nur wissen lassen, dass der Fall noch läuft, falls jemand auftaucht und nach dir oder Jade sucht, da ihr beide diejenigen wart, die Kai erwischt haben. Sei einfach vorsichtig, okay?"

„Du auch. Und ich dachte, Madam Tempest hasst dich?"

Sie lachte. „Das tut sie. Deshalb hat sie mich gebeten, es zu tun. Magie aufzuspüren ist mühsame Arbeit. Man muss stundenlang Proben abgleichen. Wenn Charlie und der Rest von euch nicht in diesen Fall verwickelt gewesen wären, hätte ich abgelehnt. Aber da meine Mädchen involviert waren, habe ich zugestimmt, es bis zum Ende durchzuziehen."

„Das ist lieb von dir." Mein Herz schlug schneller, als

ich zu meinem Verlobten hinübersah. „Betrifft das Julius in irgendeiner Weise?" Sie wusste, was ich meinte. Muss ich damit rechnen, dass er wieder verschwindet?

„Nein, Liebes. Das musst du nicht. Das sind einfach nur Leute, die schwarze Magie anwenden und Ärger machen, und ich wollte, dass du und Jade auf der Hut seid. Ich habe sie schon angerufen. Aber ich bin sicher, es gibt keinen Grund zur Sorge. Jedenfalls nicht mehr als sonst auch."

„Gut. Dann danke für den Hinweis."

„Was war das?", fragte Julius, nachdem ich aufgelegt hatte.

Ich fasste Beas Anruf zusammen und sagte: „Also, der Fall ist noch offen, aber solange du nicht vor meinen Augen verschwindest, sind wir raus."

„Mach dir darüber keine Sorgen, Pyper", sagte er leise. „Ich gehe nicht mehr weg."

Und zum ersten Mal, seit er zu mir zurückgekommen war, begann ich, ihm zu glauben.

KAPITEL ZWANZIG

Z wei Wochen später

„Ich kann nicht fassen, dass es Pamelas Tante war, die Kai angeheuert hat, um Sam zu töten", sagte Jade von der anderen Seite des Tisches. Sie hatte ein Champagnerglas in der einen Hand und ein dekadentes Stück Schokoladenganache in der anderen.

„Es ist verrückt, nicht wahr?", stimmte Charlie zu. „Es ist schade, dass wir immer noch nicht wissen, warum." Sie hatte ihren Arm über Candys Stuhllehne gelegt, und ich konnte nicht anders, als eine Welle der Freude zu spüren, wenn ich sie beide dort sitzen sah, so glücklich nach der Tortur, die sie durchgemacht hatten.

Ich lehnte mich in meinem eigenen Stuhl zurück und hörte meinen Freundinnen zu, als sie die neuesten Entwicklungen in Sams Mord diskutierten. Vor ein paar Tagen hatte Bea die zweite Magiesignatur in Kais Topf schließlich zu Pamelas Tante zurückgeführt. Sie hatte Tage in der Bibliothek des Rates verbracht, um die passende Signatur zu finden. Als sie sie endlich gefunden hatte, waren die Frau und ihre Nichte nirgends zu finden gewesen.

Trotzdem hatte Bea die Antwort gefunden, und nun lag alles in den Händen des Rates.

Ich stand auf, klopfte mit der Gabel an mein Champagnerglas und blickte zu all unseren Gästen hinüber. Als sie verstummten wurden, lächelte ich Julius und dann alle Leute im Raum an. Alle, die wir liebten, waren da, um mit uns zu feiern. „Danke, dass ihr zu unserem Probeessen gekommen seid. Das bedeutet Julius und mir wirklich viel. Ich kann nicht glauben, dass wir es hierher geschafft haben, aber wir haben es geschafft!"

Unsere Freunde und Familie begannen zu jubeln und begeistert zu johlen.

Als der Lärm nachließ, fügte ich hinzu: „Morgen heirate ich die Liebe meines–"

„Wo zum Teufel ist es?", fiel mir eine wütende Stimme von der anderen Seite des Raums ins Wort.

Ich sah in ihre Richtung und entdeckte eine vertraut aussehende blonde Frau, die dort stand, die Augen weit aufgerissen, mit einem verrückten Blick. Woher kannte ich sie und wovon in aller Welt sprach sie? „Entschuldigung", sagte ich. „Kennen wir Sie?"

Die hübsche, zierliche Blondine stolzierte in den Raum, ihre Fäuste geballt und voller Magie.

Jade sprang von ihrem Stuhl auf und ging auf sie zu.

„Bleib stehen." Die Frau schleuderte ihre Handfläche vor und schoss intensive Magie direkt auf Jade, was sie zwang, der Magie auszuweichen oder sie direkt hier bei unserem Probeessen zu bekämpfen. Jade entschied sich für Ersteres ... fürs Erste.

„Was wollen Sie?", fragte ich und versuchte es erneut.

„Das Pentagramm. Du hast es, oder? Ich weiß, dass du am Tag nach ihrem Tod in ihrem Haus warst. Ginny hat mir erzählt, dass du dort warst. Gib es einfach her, dann gibt es keine weitere Szene."

„Du kannst mit Geistern sprechen?", fragte ich und versuchte zu verstehen, wovon in aller Welt sie sprach.

„Ja, verdammt. Was interessiert dich das? Ich will nur das Pentagramm." Sie schwankte, als wäre sie betrunken. Verdammt, vielleicht war sie das auch.

„Wer sind Sie?", fragte Bea und stellte sich neben Jade. Kane trat hinter seine Frau und legte seine Hände auf ihre Schultern. Sie lehnte sich an ihn, hielt aber ansonsten ihren Blick auf die Betrunkene gerichtet.

„Pamela", sagte sie schließlich. „Pamela, okay? Sams Ex. Ich habe das Pentagramm in ihrem Haus gelassen, aber ich brauche es zurück. Ich weiß, dass du es mitgenommen haben musst."

„Ich dachte, du heißt Ivy?" sagte Bo direkt neben mir.

Ich blinzelte, musterte ihn und fragte mich, seit wann er schon dort stand.

Plötzlich erschien Ida May auf der anderen Seite von

ihm und starrte die Frau wütend an. *Das ist sie, Pyper. Diejenige, die versucht hat, mich und Julius in die Hölle zu schicken.*

„Ivy?", wiederholte Julius und stand auf, wobei er seine Hände auf den Tisch legte. „Du. Du bist diejenige, die unser Leben vor ein paar Wochen so furchtbar durcheinandergebracht hat."

Pamelas – Ivys – tiefblauen Augen blitzten panisch auf, als sie sich im Raum umsah. Schließlich schluckte sie und sagte: „Ich bin nicht Ivy. Ich bin Pamela. Das schwöre ich."

„Das mag sein, aber du hast mir gesagt, dass du Ivy heißt, kurz bevor du versucht hast, Ida May auszulöschen und Julius fast auch", sagte Bo. „Heilige Scheiße. Pamela-Ivy. Wie Poison Ivy? Ihr richtiger Name war Pamela. Du bist ein richtiges Miststück. Was zum Teufel hast du gemacht?"

„Ich … ähm – Scheiße!" Die Frau drehte sich um und rannte aus dem Nebenraum des Restaurants.

Oh, verdammt nein!, kreischte Ida May mir ins Ohr. *Geh ihr nach!*

Aber wie sich herausstellte, war das gar nicht nötig, denn Jade, Charlie, Candy, Kane, Bo und Bea erledigten das für mich. Die sechs rannten der Frau hinterher, jeder von ihnen entschlossen, Antworten auf seine eigenen Fragen zu bekommen.

Willst du nur da rumstehen?, fragte Ida May mich empört.

„Ja." Ich lehnte mich an Julius, der seine Arme um meine Taille gelegt hatte. „Das hier können wir doch ihnen überlassen, oder?"

Er nickte. „Absolut." Er hielt mich fest und drückte mir zärtliche, süße Küsse auf den Hals, was uns anerkennende Pfiffe und Jubelrufe unserer übrigen Gäste entlockte.

Ich wurde rot.

Ida May verschwand mit einem Schnauben.

„Was glaubst du, was das sollte?", fragte Julius mich.

Ich zuckte mit den Achseln und überlegte, mich wieder meinem Nachtisch zuzuwenden, als ich draußen Schreie hörte. Wir warfen einander kurz Blicke zu, dann rannten Julius und ich zur Tür, gerade rechtzeitig, um eine Horde Leute die Straße entlanglaufen zu sehen. Einige von ihnen hielten etwas in der Hand, das wie Notizbücher aussah, während andere mit T-Shirts wedelten.

„Was ist denn da los?", fragte ich den Oberkellner. Sicherlich waren sie nicht alle zusammen mit meinen Freunden hinter Pamela her … Ivy – wie auch immer sie hieß.

„Es tut mir so leid, Miss Rayne. Irgendwie ist durchgesickert, dass Candy Rhines heute Abend hier speist, und ein Mob ihrer Fans ist aufgetaucht. Wir haben versucht, es geheim zu halten, um Ihnen den Abend nicht zu verderben, aber als sie gerade da rausgestürmt ist, nun, da waren sie einfach nicht mehr zu kontrollieren."

Ich richtete meine Aufmerksamkeit wieder auf den Mob, der tatsächlich Candy hinterherjagte … und Pamela, weil Candy die Erste war, die Pamela erreichte. Von der Veranda des Restaurants aus beobachtete ich, wie Candy Pamela am Rücken ihres T-Shirts packte und sie festhielt.

Magie sprühte aus Pamelas Fingerspitzen, aber bevor sie jemanden verzaubern konnte, hatte der Mob sie umzingelt und schrie und verlangte Selfies mit Candy oder ein Autogramm. Es war das reinste Chaos und es gab keine Hoffnung zu sehen, was tatsächlich mit Candy passierte, geschweige denn mit Pamela.

„Oh nein. wir müssen Candy helfen. Sie ist in der Menge nicht sicher", sagte ich und lief schon los.

„Schau." Julius legte mir die Hand auf den Arm, um mich aufzuhalten, und zeigte auf zwei große Bodyguards, die sich durch die Menge pflügten, entschlossen, zu Candy zu kommen. Als sie sie erreichten, hatte Charlie ihre Freundin in den Armen und schützte sie. Und zu meiner Überraschung hatten einige von Candys Fans einen Schutzkreis um das Paar gebildet, während andere Pamela festhielten.

„Sollen wir ihnen helfen?", fragte ich mich laut.

„Ich glaube, Jade und Bea haben es schon im Griff", sagte Julius.

Und tatsächlich hatten meine beste Freundin und die mächtige ältere Hexe sich auf den Weg zu Pamela gemacht, und Bea war damit beschäftigt, irgendeine Art von Magie anzuwenden. Wahrscheinlich, um Pamela festzuhalten. Währenddessen bearbeitete Jade die Menge, brachte sie dazu, zurückzuweichen, und überzeugte sie in einigen Fällen, zu gehen. Es war ihre Gabe. Sie konnte andere manchmal dazu bringen, zu fühlen, was sie fühlte, wenn sie dafür aufgeschlossen waren. Wenn sie ihnen ihre Angst um Candy zeigte, würden sie es vielleicht verstehen und entscheiden, dass es keine gute Idee war, die Schauspielerin zu verfolgen.

„Warum ist Candy überhaupt hinter Pamela her?", fragte mich Julius.

Ich zuckte die Achseln. „Keine Ahnung. Vielleicht will sie Antworten darauf, wer Charlie das anhängen wollte. Das ist ein genauso guter Grund wie jeder andere."

„Sieht so aus, als würden wir es bald herausfinden."

Die beiden Bodyguards, die sich zu Candy durchgearbeitet hatten, marschierten jetzt mit Pamela zurück zum Restaurant. Bea war direkt hinter ihnen und hielt die blonde Hexe zweifellos mit einer Art magischem Griff fest, um sicherzustellen, dass sie niemanden verletzte. Charlie und Candy waren direkt hinter ihnen, gefolgt von Jade und Kane, um die Fans in Schach zu halten.

Streifenwagen des NOPD kamen und begannen, die Menge zu vertreiben, gerade, als unsere Gruppe zum Restaurant zurückkehrte. Als wir wieder in unserem Nebenraum waren, zeigte Bea auf einen leeren Stuhl und befahl Pamela, sich zu setzen.

Die jüngere Hexe gehorchte, ohne zu murren.

„Also, warum brauchst du das Pentagramm so dringend?", fragte Bea.

Pamela schien ihren Blick nicht auf irgendjemanden richten zu können und starrte stattdessen ausdruckslos geradeaus, während sie antwortete. In diesem Moment wurde mir klar, dass Bea eine Art Wahrheitszauber benutzt hatte und sie schien nicht in der Lage zu sein, Beas Befehlen zu widerstehen. „Es gehört meiner Tante und sie wird mich töten, wenn ich es ihr nicht zurückbringe."

„Warum wird sie dich töten?"

„Es ist voller schwarzer Magie. Sie will nicht, dass es in die falschen Hände gerät", sagte Pamela, und ihre Stimme stockte bei dem Wort Hände.

„Warum glaubt sie, dass es bei Sam zu Hause ist?", fragte Bea.

„Weil ich es versehentlich dort liegengelassen habe." Ihr Blick wurde panisch, als sie Bea in die Augen sah. „Ich wollte nur einen Trank brauen, damit sie mich wieder liebt. Stattdessen hat sie ihn in den Abfluss geschüttet und den von Kai getrunken. Und jetzt ist sie weg."

Mein Herz schmerzte für die Frau, die offensichtlich litt. Aber dann sprach Bea und all mein Mitgefühl verschwand.

„Das ist eine Lüge. Sag mir die Wahrheit, oder ich übergebe dich dem NOPD und erzähle ihnen, dass du mich angegriffen hast." Sie hob ihr Handgelenk hoch, an dem Blutergüsse zu sehen waren. Blutergüsse in Form von Fingern.

„Oh, okay!" Pamela starrte zu Boden. „Ich war wütend auf sie, weil sie mit mir Schluss gemacht hat, also habe ich Kai gegenüber erwähnt, dass er seinen Spezialtrank brauen sollte, den, von dem einem so schlecht wird, dass sie an einem Tag fünf Pfund abnehmen. Aber er ..." Sie schüttelte den Kopf. „Er hat ihn zu stark gemacht, und jetzt ist sie ... weg."

Bea verdrehte die Augen und ging auf die Tür zu, wobei sie ihren Arm hielt, um es schlimmer aussehen zu lassen. Kurz bevor sie sie öffnete, drehte sie sich wieder zu Pamela um. „Letzte Chance, uns zu erzählen, was wirklich passiert ist."

Sie ließ sich in den Stuhl zurücksinken. „Gut. Ich habe Kai das Pentagramm gegeben, damit er den Trank braut. Ich wusste nicht, dass er sie töten würde. Ich wollte nur, dass es ihr genauso schlecht geht wie mir, nachdem sie mich abserviert hat. Ich habe ihm gesagt, er kann es haben, solange er mich mit nach Vegas nimmt, um in seiner Show aufzutreten."

„Okay, jetzt kommen wir weiter", sagte Bea. „Wenn du es Kai gegeben hast, warum denkst du dann, dass es bei Sam war?"

„Weil er sagte, dass er es dort gelassen hat." Sie presste eine Hand auf ihr Herz und holte tief Luft. „Jetzt ist meine Tante richtig wütend. Sie wird mich zwar nicht umbringen, aber sie wird mir das Leben zur Hölle machen, wenn ich es nicht finde und ihr zurückbringe. Sie sagt, es ist gefährlich und verursacht Unfälle."

„Unfälle wie den mit Sam", platzte es aus mir heraus. Ich wollte, dass sie sich schämt, aber sie nickte nur zustimmend.

„Warst du es, der die Videodatei verändert hat?", fragte Candy. „War es deine Idee, das alles Charlie anzuhängen?", schnauzte Candy das Mädchen an und ich dachte, ich hätte noch nie jemanden so wütend gesehen.

„Das war Kai. Er hatte das Pentagramm. So konnte er die Videodatei verändern, den Trank brauen und Charlie mit einem Zauber glauben machen, dass Sam geschlafen hat. Das war alles seine Schuld. Ich wollte sie nur ein bisschen bestrafen. Nicht töten." Pamela blickte zu Julius und mir auf. „Ich wollte euch auch keinen Ärger machen. Ich habe nur … ich habe gehört, dass du mit Geistern sprechen kannst und dachte, dass der, der bei euch wohnt, herausfinden könnte, was passiert ist, also habe ich versucht, den Geist loszuwerden. Dass dein … ähm, Verlobter von meinem Zauber erfasst wurde, war ein Unfall."

Ich war neugierig gewesen, herauszufinden, was Pamela mit all dem zu tun hatte, aber jetzt war ich einfach nur angepisst. „Du hast das alles gemacht, weil du wütend warst, nachdem Sam mit dir Schluss gemacht hat? Du hast ihren Tod und all das Leid für mich und Julius verursacht, und doch ist alles, was dich interessiert, dieses verdammte Pentagramm. Also, ich habe

Neuigkeiten für dich, Herzchen, es ist beim Hexenrat. Sie haben es aus Kais Haus konfisziert. Er hat es nicht bei Sam gelassen. Er hat es für sich behalten. Ist dir das nie in den Sinn gekommen?"

Über ihrem Kopf schien eine Glühbirne anzugehen. „Oh mein Gott", flüsterte sie. „Deshalb hat er seinen Vegas-Vertrag so schnell bekommen und deshalb hatte er plötzlich all diese magisch aufgeladenen Gegenstände. Er hat das Pentagramm benutzt, um zu bekommen, was er wollte." Sie schauderte. „Verdammt ... Die ganze Zeit dachte ich, ich wäre diejenige, die jemanden bestrafen würde. Aber es ist ihr Neffe, der für alles verantwortlich ist. Nicht ich."

„Kai ist dein Cousin?", keuchte ich.

„Ja. Das erklärt die böse Ader, nicht wahr?" Sie schloss die Augen und seufzte. „Ich sollte gehen und euch in Ruhe lassen."

„Ja. Das solltest du", sagte eine vertraute Stimme hinter mir. „Aber nicht, indem du nach Hause gehst. Du wirst beim Rat gebraucht."

Ich wirbelte herum und starrte Madam Tempest an. Diesmal war sie allein gekommen. Entweder das oder ihre Handlanger waren im Schatten.

„Ich kann nicht –", begann Pamela.

Madam Tempest hob eine Hand und brachte sie mit einem magischen Ruck zum Schweigen. Sie wandte ihre Aufmerksamkeit mir zu. „Es tut mir leid, dass Ihre Feier gestört wurde. Meine Nichte wird jetzt gehen."

„Pamela ist Ihre–" Ich brachte nichts weiter heraus, bevor sie mit den Fingern schnippte und mit Pamela verschwand. Heilige Scheiße. Kein Wunder, dass Pamela dieses Pentagramm brauchte. Madam Tempest würde sie rösten. Ich schauderte, als ich nur daran dachte.

„Ich schätze, das beantwortet die meisten unserer Fragen", sagte ich und sah mich unter meinen Gästen um.

„Das tut es auf jeden Fall. Egoistische, unreife Hexe benutzt Tantchens illegales magisches Artefakt und richtet am Ende Chaos im Leben einer Menge Leute an. Hören Sie die ganze Geschichte in der Elf-Uhr-Ausgabe der Nachrichten", sagte Candy und beugte sich zu Charlie vor. „Gut, dass wir sie los sind. Wenigstens wissen wir jetzt, dass es vorbei ist."

„Hoffentlich", sagte die Hälfte des Raumes gleichzeitig.

Gelächter schallte durch das Restaurant und plötzlich war die Party wieder in vollem Gange.

KAPITEL EINUNDZWANZIG

„*B*ist du bereit dafür?", fragte Jade und zog den Reißverschluss meines Vintage-Hochzeitskleides zu.

„Bereiter als jede andere Braut in der Geschichte aller Bräute", sagte ich und betrachtete mich im Ganzkörperspiegel. Das Hochzeitskleid war so perfekt wie an dem Tag, als ich es das erste Mal anprobiert hatte. Das aufwendig mit Perlen verzierte Mieder war atemberaubend, genauso wie der Tüllrock, in dessen Stoff zarte Perlen eingenäht waren. Der Look war so unglaublich romantisch, dass ich, genau wie an jenem Tag im Brautmodengeschäft, meine Augen nicht von meinem Spiegelbild abwenden konnte.

„Ich bin gleich wieder da", sagte Jade. „Ich muss mir einen Keks holen, bevor ich ohnmächtig werde."

Ich nickte nur und begnügte mich damit, in den Spiegel zu starren, bis es Zeit war, zu gehen.

„Oh Pyper. Sieh dich an, Püppchen!", rief eine Stimme aus der Tür, auf die ich den ganzen Morgen gewartet hatte.

Ich drehte mich um und entdeckte Miss Maybelle, die Besitzerin meines Lieblingsblumenladens, dem Bloomin' Idiot.

Sie hielt einen wunderschönen Strauß dunkelvioletter Rosen in der Hand, und als sie bemerkte, dass ich sie anstarrte, legte sie ihn mir in die Hände. „Die schönsten Rosen für die schönste Braut, die ich je gesehen habe."

„Danke, Miss Maybelle." Ich zog sie zu mir heran und umarmte sie.

„Oh, die Hochzeit passiert gerade rechtzeitig, wie ich sehe", lachte sie, als sie sich von mir löste und auf meinen Strauß hinunterblickte.

„Wie bitte?", fragte ich verwirrt.

Sie lächelte mich geduldig an. „Das Kleine in dir wird sich sowohl eine Mutter als auch einen Vater wünschen, nicht wahr?"

Ich blinzelte sie an. „Was?"

Sie grinste. „Sechs Wochen. Vielleicht solltest du beim Anstoßen nur einen kleinen Schluck Champagner trinken."

Mein Mund stand offen, Schock wetteiferte mit purer Freude angesichts ihrer Worte. Sie hatte nicht auf meinen Strauß geblickt, sie hatte meinen Bauch beäugt.

„Wir sehen uns da draußen." Sie zwinkerte und verschwand dann aus der improvisierten Umkleide.

„Oh, sieh dir die an", schwärmte Jade, als sie zurück ins Zimmer schlenderte. Sie hatte einen Stapel Kekse in der einen Hand und eine Serviette in der anderen. „Ich habe noch nie einen Blumenstrauß gesehen, der perfekter für jemanden war. Sie passen sogar zu der deiner neuen dunkelvioletten Haarsträhne!"

Ich starrte Jade an, begriff aber nicht wirklich, was sie gesagt hatte. Miss Maybelle hatte keinen Witz gemacht. Diese Frau hatte ein Talent dafür, Schwangerschaften zu erkennen. Wenn ich in ein paar Wochen zu ihr ginge, könnte sie mir wahrscheinlich sogar sagen, welches Geschlecht mein Baby haben würde, indem sie mich nur ansah. Sie sagte, ich sei in der sechsten Woche … Ich war sechs Wochen schwanger! Ich strahlte. Kein Wunder, dass ich, als Julius' zwischen Geist und Mensch hin und her geflackert war, so weinerlich gewesen war. Schwangerschaftshormone machen das mit einem Mädchen, wenn es gestresst ist.

„Du strahlst", sagte Jade. „So wunderschön."

„Danke", sagte ich mit belegter Stimme.

„Pyper, bist du bereit?", fragte Kat.

Sie stand neben Jade, beide trugen ihre Vintage-Brautjungfernkleider. Kats Kleid ähnelte einem Flapper-

Ensemble, während Jades mit Spitze und klassischen Linien eleganter war.

„Ihr zwei seht umwerfend aus", sagte ich. „Danke, dass ihr hier seid, dass ihr meine Freundinnen seid … für alles."

Sie nahmen jeweils eine meiner Hände und wir drei standen da, unsere Augen füllten sich mit Tränen, als Freude in ihrer reinsten Form mich überwältigte.

„Hab' dich lieb", sagte Jade.

„Ich dich auch", fügte Kat hinzu und tupfte sich mit einem Taschentuch die Augen.

„Ich euch auch." Ich grinste sie an und blinzelte meine eigenen Tränen weg. „Ich weiß nicht, was ich ohne euch machen würde."

Kat drückte meine Hand. „Na ja, zum Glück müsst ihr das nie herausfinden. Jetzt lasst uns heiraten gehen."

Sie musste mich nicht zweimal bitten. Ich folgte ihnen zu den Glastüren, die in den wunderschönen Innenhof des Baraquin führten. Das Restaurant war in ein funkelndes Märchenland mit einer Fülle von Blumen verwandelt worden. Es war großartig, aber ich hatte nur Augen für eine Sache … oder besser: für eine Person.

Julius.

Er stand vor einem Altar neben Kane, der rechtzeitig seine Internet-Zertifizierung bekommen hatte, um uns zu trauen. Bo stand auf seiner anderen Seite und fungierte als Trauzeuge. Meine drei Lieblingsmänner sahen so gut aus, dass ihr Anblick in ihren Smokings mein Herz vor Stolz anschwellen ließ.

Ich wartete ungeduldig eine gefühlte Ewigkeit, während Kat und Jade den Gang hinunterschritten. Dann begann endlich der Hochzeitsmarsch zu spielen und ich ging zu dem einzigen Mann, den ich je geliebt hatte.

Er streckte die Hand aus und nahm meine Hände in seine, seine Augen glänzten schon vor Tränen.

„Tu das nicht", flüsterte ich. „Das werde ich nie durchstehen."

Julius lachte und bemühte sich, sie wegzublinzeln. Aber es half nichts. Als Kane mit der Zeremonie begann, hatten wir beide feuchte Augen. Die Emotionen hatten uns beide überwältigt und es gab kein Zurück mehr.

Ich hörte kaum, was Kane zu sagen hatte. Er hielt eine Rede über seine Freude, dass sich seine beste Freundin endlich Hals über Kopf verliebt hatte, und sprach über Julius und sein reines Herz. Ich hatte Versionen dieser Rede gehört und wusste, dass sie rührend war, aber in diesem Moment war ich so in Julius und unsere Zukunft versunken, dass Kane stundenlang oder Sekunden hätte reden können und ich es nicht bemerkt hätte.

„Pyper?", sagte Kane.

„Hm?"

Alle Gäste lachten.

„Es ist Zeit für die Ehegelöbnisse", sagte er und lächelte mich sanft an.

„Oh, richtig!" Ich lächelte unsere Gäste an und dann wieder Julius. „Ich erinnere mich noch an den ersten Tag, als ich dich in meinem Studio gesehen habe. Ich konnte es kaum erwarten, dich in die Hände zu bekommen."

Wieder lachten unsere Gäste.

Mein Grinsen wurde breiter. „Oder meine Farbe auf deinen Körper. Du hast die Art von Körper, die die perfekte Leinwand ist. Stell dir meine Überraschung vor, als ich erfahren habe, dass du nicht ganz hier warst oder frei für mich. Aber dann haben wir irgendwie gemeinsam einen Weg gefunden und du warst hier, Fleisch und Blut, und seit jenem Tag gehörst du mir. Und heute fühle ich mich geehrt, überwältigt und wirklich sprachlos, dass ich es offiziell machen kann. Ich liebe dich, Julius Jackson. Ich verspreche, dich für alle Tage, die wir haben, von ganzem Herzen zu lieben. In Gesundheit und Krankheit und sogar nach dem Tod, denn wir, Darling, werden nie wieder getrennt sein."

Eine einzelne Träne rollte über Julius' Wange, als er zitternd Luft holte. „Pyper, meine Liebe. Ich wusste, dass du die Richtige bist, als ich dich das erste Mal gesehen habe. Es spielte keine Rolle, dass ich nicht ganz aus Fleisch und Blut war. Ich wusste es einfach. Ich hätte nie geglaubt, dass ich hier stehen und schwören würde, dir für den Rest der Ewigkeit mein ganzes Herz zu schenken, aber irgendwie haben wir es gemeinsam geschafft, hierherzukommen. Und glaub mir, wenn ich sage, dass ich nie aufhören werde, dich zu lieben. Für dich zu kämpfen. Zu dir nach Hause zu kommen. Egal, was passiert, ich werde dich bis ans Ende der Zeit lieben, ehren und schätzen."

Und damit war es um mich geschehen. Die Tränen begannen zu fließen, und ich war an der Reihe, meine tränenverschmierten Wangen zu trocknen. Aber ich machte mir nicht die Mühe, die Tränen wegzuwischen. Es waren Tränen von purer Freude und Glück. Die ersten von vielen, wie ich hoffte.

Dann steckte Julius mir einen Ring an den Finger und ich ihm seinen, und Kane erklärte uns zu Mann und Frau und sagte was von Knutschen und jugendfrei halten.

Um uns herum lachten wieder alle, und ich schwebte schon auf meiner persönlichen Wolke sieben, dass es mir egal war, dass mein bester Freund vom Drehbuch abwich.

Julius kam näher und legte seine Arme um meine Taille. Unsere Blicke trafen sich, und ich sah ihn mit einem schüchternen Lächeln an, das ihm sofort verriet, dass ich ein Geheimnis hatte.

„Was ist, Liebes?", murmelte er und strich sanft mit seinen Lippen über meine.

„Ich bin einfach glücklich." Ich legte meine Hände um seine Taille und wusste, dass meine Augen tanzten, als ich zu ihm aufblickte.

„Nein. Du hast ein Geheimnis. Das sehe ich. Willst du es mir erzählen? Oder muss ich es aus dir herauskitzeln?"

Er küsste meinen Mundwinkel und strich mit einem Finger über meinen Hals.

Ein Schauer lief mir über den Rücken und ich wusste, er würde so weitermachen, bis ich es ihm sagte.

Doch ich sagte: „Zuerst musst du deine Braut küssen."

„Wenn du darauf bestehst", schnaubte er. Dann bog er mich über seinen Arm zurück und küsste mich so gründlich, dass ich nach Luft schnappte, als er mich endlich wieder aufrichtete.

Unsere Gäste waren außer sich vor Begeisterung, als ich ihm in die Augen lächelte und sagte: „Herzlichen Glückwunsch, Darling. Wir sind schwanger."

Liebe, nicht Schock, blühte in seinen wunderschönen grünen Augen, als er mich an sich zog und flüsterte: „Ich weiß."

„Wirklich?", fragte ich geschockt. „Wie? Hat Miss Maybelle es dir gesagt?"

Er lachte. „Nein. Ich wusste von der Nacht an, als es passiert ist. Oder ich habe es vermutet."

Ich zog die Augenbrauen hoch. „Und du hast es mir nicht erzählt?"

„Ich wollte sicher sein." Er zwinkerte mir zu. Und als dann die Musik zu spielen begann, drehte er mich um und wir begannen vor dem Altar unseren ersten Tanz. „Das ist die erste Nacht vom Rest unseres Lebens, Pyper Rayne. Und ich kann es kaum erwarten, alles mit dir zu teilen."

ÜBER DIE AUTORIN

Die New York Times und USA Today Bestsellerautorin Deanna Chase ist eine gebürtige Kalifornierin, die in den langsameren Lebensstil des südöstlichen Louisiana verpflanzt wurde. Wenn sie nicht schreibt, albert sie oft mit ihrem Mann in New Orleans herum oder spielt mit ihren beiden Shih Tzus. Weitere Informationen und Updates zu den neuesten Veröffentlichungen finden Sie auf ihrer Website unter www.deannachase.com.